# Le parloir

Paule du Bouchet

# Le parloir

LA BELLE ÉTOILE

*J'ai prié pour retrouver mon enfance et elle est revenue, et je sens qu'elle est toujours dure comme autrefois et qu'il ne m'a servi à rien de vieillir.*

Rainer Maria Rilke,
*Les Cahiers de Malte Laurids Brigge*

# 1

Maison centrale de Poissy
*Septembre 1994*

*C'est un homme. Elle se l'est dit ainsi, d'un bloc. Ce mot-là, « homme », dès qu'elle l'a vu. Il occupait entièrement le cadre de la porte. Un homme. Massif. Plus homme qu'une pierre est pierre.*

*Cette phrase comme un coup que par la suite elle recevra chaque fois, s'imposant, comme cet homme-là.*

*Elle ne bouge pas. Elle le regarde, gibier de nuit pris dans les phares d'une voiture. C'est-à-dire qu'elle regarde devant elle et, dans le faisceau de ses yeux, il y a cet homme. Il porte un large pull de camionneur, bordeaux, à fermeture éclair. Dans le pull informe, ce corps. Compact, lourd. Lui, il ne dit rien, ne sourit pas. Sa bouche est fine comme une balafre.*

*Elle se l'est représenté de mille façons, mais pas de celle-là. Il y a bien eu une photo d'identité voici quelque temps, mais elle devait être vieille, ou il a grossi, ou il a triché, c'était un autre sur la photo.*

*Mais cet homme-là.*

*Il s'est assis de l'autre côté de la table métallique, maintenant, ils sont face à face, son cœur à elle bat si violemment qu'elle arrime son pied à celui de la table pour faire taire les mouvements de son buste. Elle a l'impression que chaque battement projette une giclée de sang devant ses yeux et, à cause de ce brouillard, elle ne voit pas le mince sourire, les yeux, plissés, noirs, très enfoncés, lorsqu'il dit :*

*— Alors, c'est vous.*

*— Oui, murmure-t-elle d'une voix qui est un souffle.*

*Il la regarde. Elle baisse les yeux.*

*— Je vous fais peur ?*

*Elle secoue lentement la tête, se sent pitoyable.*

*— Vous m'imaginiez autrement ?*

*— Oui… Non… Ce n'est pas grave.*

# 2

Poullic
*Été 1995*

C'était une décision, voir cet homme en prison. Aussi radicale qu'un plongeon dans l'eau glacée. Après ces mois de correspondance, c'est moi qui ai demandé le parloir. Je lui ai dit que j'aimerais le rencontrer. Cela m'a étonnée de moi-même, je ne suis pas quelqu'un de déterminé.

Dans les lettres, il s'exprimait bien, il avait du vocabulaire, j'en avais été surprise au début, j'avais en tête le cliché du prisonnier un peu basique. Cet homme était différent. Après les lettres, se voir m'avait semblé simple. Cela ne l'avait pas été.

À parler, j'ai désappris depuis longtemps, alors un « parloir »… Comme on s'était écrit, beaucoup, longtemps, je n'avais pas fait le rapport. Je n'avais pas pensé que l'échange oral serait plus compliqué. En face à face, il fallait que la voix sorte, claire, sonore. Vive. De « vive voix », comme on dit. Au premier parloir, cette voix qui est la mienne a été comme une gifle.

***

Le mutisme doux qui m'a toujours accompagnée remonte à la prime enfance. C'est une vieille histoire. Vers l'âge où les autres enfants apprennent à parler, je me suis employée à désapprendre. La dyslexie, c'est ce qu'on disait à l'époque, les adultes, le mot les arrangeait ; puis le silence, un cocon feutré, je m'en souviens comme si c'était hier. Ça m'arrangeait bien, moi aussi. Ça sentait bon, ça sentait rassurant, la lavande séchée dans une armoire à linge de grand-mère. Le silence, c'était ça, l'odeur de lavande sagement enfermée dans le placard.

Cette première fois à la prison de Poissy, à la fin je l'ai quand même prévenu.

— Vous savez, je parle peu. Il y a des gens que ça dérange…

Il a levé les sourcils. Des sillons profonds se sont dessinés sur son front.

— Et vous faites quoi, avec moi, depuis un an et demi ?

J'ai haussé les épaules, murmuré :

— Écrire, c'est pas pareil…

Ma vie, jusqu'à présent, c'est une histoire de fuite et de hasards, c'est ce que je dirais si on me le demandait. La fuite, c'est moi, toujours, j'ai toujours été projetée vers l'avant malgré moi, au-delà de la ligne d'arrivée. À l'école, quand il fallait colorier, j'ai toujours « dépassé », beaucoup, j'avais honte.

Le hasard aurait pu faire qu'il en soit autrement. Mais que les choses aient pris cette tournure, l'arrivée au bout du Finistère avec ma petite, ce sombre hiver de 1994, la falaise mauve, l'océan derrière, tout ce qui s'est passé depuis, la correspondance avec le détenu, la demande de parloir, les premières visites à la prison de Poissy, ça ressemble à un destin et le mot me plaît. L'idée tout entière, d'ailleurs, me va. Le destin. Ça adoucit la ligne de ce parcours bizarre, un tracé hachuré comme un électrocardiogramme.

Je ne me suis jamais demandé pourquoi je suis comme ça, jetée en avant comme si j'allais tomber. Ni récemment ni avant. Quelque chose qui bégaie, un disque rayé. Toujours abandonner en route, toujours courir vers l'abrupt noir et hostile. Toujours se heurter au grand mur qui cache le ciel.

Il aura fallu s'inscrire en faux avec tout. Dès le début. À six ans, avec la vie communautaire choisie par les adultes sous prétexte qu'ils avaient « fait 68 », puis avec l'école, la pension. Avec mon père. Mon amie, mon mari. Ma ville. Tous ces pronoms possessifs qui n'auront fait que me déposséder de moi-même.

Et ici, cette fin de terre. Je sais bien que je me suis menti il y a quelques mois en me disant que j'étais « arrivée au bout ». Seulement ce mensonge-là, j'en avais tellement besoin. Cette Bretagne profonde qui n'est plus peuplée de femmes à coiffes mais de caissières de supérettes, plus animée par les *fest-noz* mais par la musique des grandes surfaces, qui n'a plus de croix de granit gris dressées aux carrefours mais des ronds-points engazonnés ou bétonnés, stupides et prétentieux.

La première réalité de ma vie, il me semble l'avoir touchée ici, il y a un an et demi. Avant, ce n'était qu'un long voyage. Ici, c'est Poullic, Poulfétan, commune de Landéda. Ce n'est pas le bout du monde, c'est le monde au premier jour. Ici, j'ai commencé à respirer.

***

Ça fera deux ans en novembre. J'avais téléphoné. Au bout du fil, la dame avait une bonne voix, un peu âgée, joyeuse et accueillante. Elle louait deux pièces dans son jardin. Elle s'appelait Violette le Faouët. Déjà, le nom. Tendre comme un sourire de clown, léger comme un passereau printanier, comme des œufs en neige, comme une histoire drôle. Trois jours plus tard on était là, avec Marisol.

Sitôt descendues du car de Brest, le vent de galerne nous a emportées, et une forte odeur d'iode. Marisol a crié de joie, j'ai crié avec elle, on a essayé de couvrir le vent. Au bout de la lande, un paysage marin grandiose, excessif et austère, grève hérissée de rochers fantomatiques, cris des cormorans, fracas des vagues et gerbes d'écume sur la jetée du Grouan, minuscule mouillage dont l'arrêt du car porte le nom. Dressé dans la brume, un sombre rocher balise, le Fichen, à la réputation sinistre, je l'ai appris plus tard. De grandes dunes semées de goémon séché, de chardons bleus et d'œillets des sables. J'ai adoré, tout de suite.

— Je viens de me séparer de mon mari… J'ai besoin de repos…

C'est ça que j'ai dit quand elle m'a ouvert. Cette phrase n'est pas mon genre ; je parle rarement de moi-même. C'est sorti d'un coup, comme on prend une gorgée d'air. J'étais debout sous l'orage, les cheveux collés par la pluie, Marisol s'était cachée sous mon manteau trempé. Violette a posé sur nous son bon regard bleu, elle a dit : « Entrez vite, vous allez prendre froid ! » Elle n'a posé aucune question, nous a fait asseoir à la table de sa cuisine, s'est affairée à son fourneau et nous a servi un chocolat chaud avec des crêpes. Dehors, il pleuvait si fort, le ciel était si bas que là, tout de suite, j'ai aimé cette cuisine. Je me suis sentie bien, ce n'était pas fréquent.

Cette femme, Violette, avait quelque chose d'incroyablement bienveillant, je l'ai vu au premier coup d'œil. Peut-être les pommettes lisses et roses, les petits plis au coin des yeux brillants, attentifs, je ne sais pas exactement. Elle avait tisonné le poêle qui ronflait dans un coin, m'avait aussi proposé un café – « Peut-être que vous ne buvez pas de chocolat ! » – et servi d'autorité une deuxième crêpe à Marisol qui avait englouti la sienne en trois bouchées.

— Vous n'avez pas de chance avec le temps…

— J'avais besoin de changer d'air…

Je m'étais sentie obligée de m'expliquer, je ne sais pas trop pourquoi. J'avais bien le droit de louer une chambre-cuisine-salle de bains du moment que je payais.

Violette avait ri, puis désigné la fenêtre battue de vent et d'averses.

— Pour l'air, vous n'en manquerez pas !

Marisol s'était hissée sur une chaise et avait acquiescé vigoureusement de la tête quand Violette avait demandé si elle voulait une troisième crêpe, aussitôt engloutie comme les deux premières. Elle était ensuite tombée en arrêt devant les assiettes suspendues au mur, décorées de motifs bretons dans lesquels le rouge et le bleu dominaient.

— Tu peux te lever et aller les voir de plus près, si tu veux. C'était le service de ma mère, il y en a d'autres dans le buffet. Tu les aimes ?

Marisol avait dévisagé Violette.

— Ta mère, elle est morte ?

J'étais gênée ; Violette avait éclaté de rire.

— *Ben* oui, il y a longtemps, tu sais, je suis vieille, maintenant !

Ma petite avait confirmé, l'air sérieux :

— Oui, ta tête elle est vieille.

Puis elle avait sauté à bas de sa chaise et commencé à caresser le chat qui dormait en rond sur un fauteuil.

Ce moment.

Violette ne disait plus rien, moi, je ne savais pas quoi ajouter. J'étais fatiguée. Au bout d'un moment, elle a posé sa main sur la mienne, une main tavelée, aux veines saillantes.

— Ici, vous vous reposerez bien.

Elle s'est levée, a pris un trousseau de clefs et, sur le porte-manteau, un grand ciré jaune qu'elle m'a tendu.

— Prenez la petite dessous. Je vous montre...

Nous sommes sorties sous la pluie cinglante, toutes les trois serrées les unes contre les autres, abritées par un immense parapluie de berger. Le gîte jouxtait la maison. La porte avait gonflé à cause de l'humidité, ça sentait un peu le renfermé, j'ai senti mon cœur se serrer, je n'ai rien dit, de toute façon, ça y était. Voilà, on y était. Là. Au bout de la fuite, après, rien. L'océan.

— Je vous ai prévenue, les peintres auront fini dans deux-trois jours, en attendant vous logerez chez moi, j'ai allumé le poêle, la chambre est chaude.

Le lendemain était un dimanche, Violette nous a proposé de souper chez elle. Elle nous a servi un gratin de chou-fleur et des œufs au lait. Marisol était ravie, elle n'a pas arrêté de parler, moi, je crois que je n'ai pas ouvert la bouche. J'ai bu du cidre, il était bon, il râpait la langue. Après le dessert, Violette m'a offert de l'eau-de-vie de cidre. Léon, son mari, la faisait lui-même, il avait le « droit à l'alambic ». C'est elle qui l'a précisé, je ne savais pas ce que c'était, je n'ai pas osé demander. Il est mort l'an passé, a-t-elle ajouté, crise cardiaque, parti d'un coup. Quand elle parle de son mari, des milliers de petits plis se réveillent autour des yeux.

J'essaie de me souvenir de tout. En écrivant, ça vient parfois.

À la fin du repas, Violette a enfilé des sabots en caoutchouc pour aller au bûcher remplir le panier de rondins.

— Vous en mettrez un gros dans le poêle ce soir, il y aura encore de la braise demain matin…

Au moment de dire bonsoir, elle m'a embrassée sur les deux joues.

— Vous faites de la dépression, c'est normal…

Dans le lit, les draps étaient si glacés qu'ils semblaient humides, pourtant je ne m'étais pas sentie aussi bien depuis longtemps. « De la dépression ». C'était apaisant d'entendre ainsi le mot, dit par une personne inconnue. Ça englobait la chose dans une généralité, communément partagée, comme faire les courses, du bois, du dessert, du feu, ça sonnait comme le temps qu'il fait, mauvais, soleil, les saisons, la tempête, la pleine lune. Je me suis endormie, serrée contre une bouillotte.

Ce soir-là, la chose a reflué, c'était si précis, cette sensation, laissant place à un sommeil qui m'avait quittée depuis des mois. Cette chose jamais identifiée, mais toujours rampante, prête à me sauter au visage, à cause de laquelle je ne vis le présent que comme si j'étais sur le point de le quitter dans l'instant, depuis toujours. Quand j'étais gamine, à l'internat, je posais mon matelas sur le sol dès que les surveillantes avaient éteint, pour être plus près de la terre quand il faudrait fuir. Cette chose-là, qu'on appelait angoisse, anxiété, dyslexie. Et puis mon mutisme en public, plus tard mon mari m'a assez fait comprendre que je n'étais pas assez sociable. Tout ça parce que je ne parlais pas. Enfin, presque pas.

Le silence, c'est un drôle d'état, on ne sait pas quand il s'est installé, il s'est sans doute immiscé depuis longtemps, mais pas de manière officielle. On n'a pas mis de mot dessus, ça ne se voyait pas. Ça ne se voit pas toujours, précisément, personne n'entend le silence, les gens parlent, ils sont en face, ne s'intéressent pas vraiment. Pour qu'ils s'intéressent, il faut leur jeter des paroles à la figure. Alors ils s'arrêtent de parler, c'est à vous. C'est effrayant.

Voilà, ça s'est passé comme ça. Cette femme au regard lithium, aux joues colorées comme une pomme d'automne, au bout du monde, au bout du train, après, l'océan, l'immensité bleue, implacable comme l'acier, cette femme m'a embrassée, s'est mise en quatre, elle m'a dit : « Ici, vous vous reposerez. » C'était doux, je n'étais pas habituée.

# 3

Maison centrale de Poissy
*Octobre 1994*

*Elle n'a jamais aimé parler, sauf les conversations à demi-mot, celles que l'on a avec les gens avec qui ce n'est pas nécessaire, ils sentent comme nous, c'est pour ça qu'on est bien avec eux, les autres on les évite ou on leur oppose un silence altier.*

*Ici, en prison, ce n'est pas pareil. Devant cet homme, ce mutisme est comme une fièvre. Et pourtant, derrière la fièvre, encore un peu d'orgueil, celui qui est dû à un trop-plein de vie intérieure et non au vertigineux sentiment d'insuffisance.*

*C'est la première fois que ça arrive comme ça, le silence, alors que personne n'est là pour jeter des phrases à la tête, sinon lui, pas très causant. Ce qui est nouveau, en réalité, c'est qu'il se referme sur elle, ce silence. Peut-être que cet homme, justement, aimerait qu'on lui jette des paroles à la face. Mais non. Aujourd'hui, elle l'entend horriblement, il est comme une maladie, langue collée au palais, mots culbutés, stoppés net avant même d'être formés, avortons de phrases, particules ensablées. Bouche inerte, stérile.*

*Il dit lentement – en fait, il a l'air étonné :*

*— Et vous… alors… ? Vous ne dites rien…*

*Elle a un petit mouvement de tête et elle l'entrouvre, cette bouche inutile, elle la tord dans un sens tout à fait bizarre qui ne laisse pas sortir de mots, mais un bruit étranger qui ne semble pas venir d'elle. Mâchoire anesthésiée, on dirait après une séance de dentiste, paralysée, grimaçante.*

*Lui, il voit tout ça, et aussi sa paupière inférieure droite qui se met à trembler, il a peur que cette fille s'envole. Il se détourne légèrement, pour ne pas la gêner, et il dit :*

*— Ça n'a pas d'importance…*

*Elle pourrait pleurer si elle ne se retenait pas.*

*Tout ça paraît tellement ridicule.*

# 4

Poullic
*Été 1995*

L'Aber-Vrac'h, j'y suis venue d'abord à cause du nom, il m'a plu la première fois que je l'ai vu, un point fiché sur l'atlas routier avec l'apostrophe bizarre à la fin du mot. Comme pour le faire respirer. Et tout autour, une échancrure mystérieuse, la cicatrice témoin d'une obscure fureur. C'est ce qui m'a plu. Quelque chose comme un gouffre largement ouvert, un enfer en plein ciel, libre, déployé et lointain, n'obéissant à aucune cartographie. Un rocher mythologique, cette constellation cyclopéenne tombée sur la fin de la terre. Un non-lieu, un lieu de bout en bout, où tout serait possible.

C'est ce que j'ai trouvé. Le paysage altier, la vaste lande devant la fenêtre, au-delà, dans l'océan noir, le train de rochers en marche, le chaos fantomatique de Kerléan et, perçant la brume, le phare. Ici, les nuages défilent à grande vitesse. Quand je suis couchée sur la lande, c'est moi qui m'en vais. C'est aussi pour ça que je suis ici. Pour le rythme presque insulaire du vent, du ciel, des nuages et de la mer, lorsqu'on lève la tête, on a la sensation d'être sur un paquebot en partance pour le Nouveau Monde.

Violette raconte des histoires qui font trembler Marisol de peur et de plaisir. Il y a sur le pont du Diable une grossière chaussée de pierre que la marée submerge et qui enjambe l'Aber-Vrac'h en aval de Lannilis. Mieux vaut ne pas entendre, la nuit, grincer les essieux de *Karigell an Ankou*, la charrette de la mort. C'est le diable qui l'emprunte pour visiter les vivants. On lui doit l'âme de la première personne à être passée sur le pont, un dégourdi qui y avait fait courir un chat, dont le diable avait eu, en son temps, à se contenter. Depuis, l'Ankou réclame son dû...

Notre première promenade, à Marisol et à moi, a été pour ce diable-là. Serrées l'une contre l'autre, nous avons approché le pont immergé d'un pas hésitant, la petiote a jeté sur le diable un caillou qui a fait seulement *plouf* et s'est posé sur la marche de pierre engloutie.

***

En quelques semaines, j'ai repris des couleurs. C'est Violette qui l'a dit, et aussi la boulangère qui donne des caramels à Marisol. Il paraît que je ressemblais à un cadavre en arrivant. Maintenant, j'ai des joues rouges et tannées de paysanne. Violette trouve que ça me va bien au sourire. Et aussi que « le sourire est la porte de la parole ». Elle a parfois des expressions d'une grande poésie. Le problème, paraît-il, c'est qu'il est rarement adressé à quelqu'un en particulier, mon sourire, c'est vrai, je confirme. Je ne souris pas aux gens. Petite fille, on disait de moi : « Elle n'est pas gracieuse, cette enfant. » Je les entendais, je m'en fichais.

Je voudrais parler de Violette. Violette est une petite dame au visage rond, à la gentillesse contagieuse, impossible à cacher, visible, si visible qu'on voudrait l'embrasser – avec ces petites pattes d'oie, toutes fines, au bord des yeux et de la bouche. Parce qu'elle, au contraire de moi, sourit presque tout le temps. Les traits de son visage sont ceux du sourire. Pendant longtemps, je n'ai presque rien dit, bonjour, bonsoir, merci, au revoir. Elle ne s'est jamais départie de son sourire.

Je l'ai vue m'observer du coin de l'œil, comme on observe un écureuil venu casser sa noisette dans le fond du jardin, discrètement, pour ne pas l'effrayer. Elle attendait que ça arrive, le sourire. Ça m'a énervée au début, j'en ai honte maintenant, mais c'est ainsi, j'ai pensé cela les premiers temps, si elle croit que je vais me mettre à lui sourire parce que je lui paie une chambre. Elle, tranquille, elle patientait. Elle a attendu son heure avec la sérénité d'un chasseur d'images.

Ce n'est pas qu'elle soit curieuse ou indiscrète, mais elle voulait comprendre, elle me l'a dit depuis. Pourquoi nous deux, ici, perdues au fin fond. Comment nous vivions, avec quel argent ? Pour combien de temps ? « Quel pesant passé pour une si jeune femme… ? » Au début, je ne voulais surtout rien dire. Rien du tout, j'étais hantée par l'idée de ne pas avoir à m'expliquer. Je ne crois pas avoir été désagréable, mais j'étais décidée à me taire.

Un jour, pourtant, je ne me souviens plus comment ça s'est passé, il a bien fallu. J'ai dû aller à Brest pour rencontrer Jean-Luc, mon mari. Il avait fait le voyage jusque-là, il voulait s'assurer que tout allait bien, il avait le droit de voir sa fille. Violette m'avait proposé de me prêter sa 4L si j'en avais besoin, elle ne s'en servait que rarement. J'ai laissé la voiture devant la gare et Marisol et moi nous sommes allées le retrouver à pied au lieu du rendez-vous, un café pas loin de la grande librairie. Je ne voulais pas qu'il voie la 4L, il n'y avait pas de siège enfant.

On est restées plus longtemps que prévu, j'ai dû téléphoner, à cause de la voiture, depuis la cabine du café. Ça grésillait, on entendait mal, Violette a dit : « Ça ne fait rien. Je n'en ai pas besoin, prenez votre temps. » Nous sommes revenues à la nuit largement tombée, c'était début janvier, le soir vient tôt, ici, l'océan mange le ciel et, d'un coup, il fait noir. Violette nous avait gardé un repas chaud, elle s'était quand même inquiétée quand l'horloge de la salle avait sonné huit heures, elle était contente de voir qu'on avait faim et de nous resservir. Ce soir-là, pour la première fois, je me suis abandonnée. Oui, c'est le mot. Ça n'avait été possible que seulement ce soir-là, après l'inquiétude, la nuit tombée. Je le lui devais, il m'a semblé.

La petite s'était endormie dans le fauteuil, la tête sur le chien. Ils ronflaient légèrement l'un et l'autre. Dans la haute pendule, le balancier faisait tic-tac, j'étais vannée. Violette a tiré deux chaises tout près du poêle, elle l'a ouvert pour avoir plus chaud, a tisonné les braises rougeoyantes. Comme si on s'installait, elle, les braises, les chaises, moi. On était prêtes. Elle m'a dit :

— Tu peux fumer, ça ne me dérange pas.

Ce soir-là, j'ai parlé. D'abord de la douleur, c'est ça qui vient en premier.

Une souffrance sauvage. Si forte qu'en la racontant aujourd'hui, elle revient presque. Pourtant survenue alors de manière tout à fait anachronique. Pas sur le moment, mais à Paris. La première chose que j'ai dite à Violette, c'est cette douleur, mon père, une parmi d'autres, le reste je l'ai raconté après, bien après, je crois. Violette a écouté, ponctuant mes paroles de hochements de tête silencieux, elle sait le faire, ça, écouter les autres, en occupant ses mains à quelque épluchage ou ouvrage. Je me rappelle celui-là, c'était un tricot pour sa fille qui attendait des jumeaux, une laine vert clair.

***

Au début, je n'avais pas compris. Le spasme qui empoigne le ventre, atteint les nerfs, tord les muscles, enflamme les tissus. J'avais cru à une colite ou à de mauvaises règles, pris un antidouleur, la bonne dame de l'avenue Rapp m'avait donné à boire une eau plâtreuse contenant un pansement intestinal. La douleur n'avait pas cessé, s'intensifiant au contraire, montant à la poitrine, une panique.

À l'annonce de sa mort, quelques semaines plus tôt, j'étais à Lyon avec mon mari. Je n'avais rien ressenti. Seulement une sorte d'allègement, j'en avais même eu honte. Mon père était mort avant que je n'arrive. Je n'avais pas eu à affronter son regard, à mentir, à dire : « Je te pardonne », alors que je ne pardonnais rien. De la honte et puis après plus rien. Pas la moindre sensation.

À l'hôpital d'Alès, petit bâtiment gris, esseulé aux marges d'un nulle part périurbain, j'avais grimpé les deux courts étages des soins palliatifs. Chambre 4, il y en avait six en tout. Comment mon père avait-il pu avoir une chambre là ? Qui s'était occupé de le faire transférer ? Le télégramme n'était pas signé : *Père gravement malade, hôpital Alès, voudrait vous voir*. J'ai tergiversé deux jours avant de prendre la décision. Le surlendemain, ce second télégramme : *Il faut venir*.

Odeurs mêlées de soupe, de pisse et de médicament. Des vieux mouraient à droite et à gauche du petit couloir aux murs laqués bleu layette, entourés de familles éplorées et soulagées. « Madame d'Ussel ? Ah… Votre papa… » Au sourire compassé et au regard curieux de l'infirmière, j'ai compris que j'arrivais trop tard et, en même temps, qu'on s'étonnait de cette fille surgie de nulle part.

Je me suis levée, coupant court à la phrase qu'elle s'apprêtait à débiter. « Je sais, chambre 4… » J'ai parcouru le couloir, ouvert la porte. Il était là, le visage légèrement tourné vers la gauche, la mâchoire maintenue par un bandage. Je me suis approchée, me suis assise sur l'unique chaise en fils plastifiés, j'ai hésité à poser ma main sur la sienne, je me suis dit que ça se faisait. Je me rappelle m'être étonnée d'avoir cette pensée en pareille occasion.

N'ayant jamais connu de « pareille occasion », j'ai fini par le faire, avec un mélange d'émotion et de dégoût. Vous savez, Violette, c'était si bizarre de reprendre ainsi contact, par un toucher mort et convenu. La sensation dure et glacée m'a désagréablement surprise. J'ai quand même murmuré : « Papa, je te pardonne. » J'étais gênée de m'entendre parler. Encore plus de m'entendre mentir à un mort.

Parce que, Violette, la vérité, c'est que je ne pardonnais rien.

Un peu plus tard, au moment des obsèques qu'il a fallu organiser puisque, comme je l'ai appris, il vivait seul, j'ai eu l'impression d'avoir tout raté. La vie de mon père, la mort de mon père, ma vie à moi. J'ai été envahie par le désespoir. Un abîme blanc et mat, comme une chambre d'isolement. Mais toujours pas de vraie douleur. Celle qui est due à la mort d'un père.

Après la disparition de ce père irrémédiablement perdu en même temps que retrouvé, j'ai regagné Lyon, mon mari, ma fille, la nounou qui s'occupe d'elle depuis sa naissance, avec la vague impression que quelque chose d'essentiel venait de se passer, que je ne serais plus jamais la même et qu'un acte devait nécessairement suivre. Mais lequel ? Suffisait-il de dire que « rien n'est plus comme avant. Tout a changé, regardez-moi » ? Ils avaient été contents de mon retour, ne m'avaient pas posé de questions, m'avaient à peine regardée. Jean-Luc m'avait embrassée sur les deux joues puis avait filé à son rendez-vous avec un client. Rien n'avait changé.

Deux semaines plus tard, je quittais mon mari, Lyon, ma maison, une belle maison, Violette, croyez-moi, avec tout ce qu'il faut et le reste... J'ai quitté mes habitudes, mes quelques connaissances. J'ai mis mes affaires et celles de Marisol dans deux valises, commandé un taxi, on a pris le train à Perrache, toutes les deux.

Ça aussi s'est passé sans que j'aie l'impression de décider quoi que ce soit. C'était un jeudi. Je me suis retrouvée à pleurer, assise dans le salon, un beau salon, Violette, une baie vitrée dominant le vieux Lyon... J'étais perdue, désemparée, larguée sur un immense canapé flanqué de coussins et de poufs assortis.

La jeune fille qui ramène Marisol de l'école parlait à voix basse en lui enlevant son manteau. Je l'ai entendue chuchoter dans l'entrée :

— Maman est triste parce qu'elle a perdu son papa.

Ma petite a claironné :

— Quel papa ?

Je me suis levée pour fermer la porte.

Je ne savais pas pourquoi je pleurais. Un peu à cause de ça : « Quel papa ? » Brusquement, j'ai étouffé dans ce salon.

— Voilà, c'est tout. Après je suis partie...

Violette a demandé seulement :

— Le soir même ?

— Oui, le soir même…

— Et la tristesse, c'est venu plus tard ?

— La tristesse… Je ne sais pas. Il y a eu cette douleur. Bien plus tard. Je ne sais pas si j'ai été triste… Peut-être, c'était ça…

— Et ton mari, il t'a laissée partir comme ça ?

J'ai hésité à répondre. Je crois que Jean-Luc a toujours su. Qu'un jour je partirais. « Comme ça » justement. C'est un homme doux et profond, il a besoin que les choses soient « cadrées », c'est son grand mot. Il possède cette intelligence rare qu'est le respect de l'autre. Son mot-clé, son grand principe, qui le guide dans toutes ses relations. Ce respect va si loin qu'il ne cherche pas vraiment à comprendre qui est en face de lui. Jamais, il n'a cherché à fouiller dans ma vie, peut-être pas assez, au fond…

J'ai dit à Violette :

— Nous n'étions pas un couple fusionnel… Nous vivions l'un à côté de l'autre. Du respect, peut-être pas de l'amour… J'ai téléphoné à la gare et fait nos valises. Je savais que les choses se passeraient en douceur avec Jean-Luc, mais je ne voulais pas confronter Marisol à l'étonnement ou à la tristesse de son père devant notre départ. Je ne voulais pas non plus avoir à argumenter, à tenter d'expliquer ce que je ne m'expliquais pas à moi-même.

— Tu ne l'as même pas attendu pour partir ?

— J'ai laissé un mot, disant que nous montions à Paris, de ne pas s'inquiéter, que nous serions logées chez une amie de ma grand-mère. J'ai promis de l'appeler le lendemain. Ce que j'ai fait. Nous avons longuement parlé au téléphone. Il était malheureux.

— Et pour la petite ?

— Il s'attendait à ce que je revienne au bout de quelques jours… Il travaille énormément…

Je n'avais plus envie de parler. Violette a encore fait des rangs et des rangs de jersey, un à l'endroit, un à l'envers, des dizaines d'allers et retours dans le seul cliquetis des aiguilles, jusqu'à ce que le chat commence à jouer avec le reste de la pelote, l'envoie rouler à l'autre bout de la pièce, et qu'elle finisse par ranger son ouvrage en le grondant doucement.

# 5

Maison centrale de Poissy
*Octobre 1994*

*Les portes métalliques claquent lourdement dans son dos, elle sursaute et son cœur se met à battre comme en réaction à un coup. Ensuite l'odeur infecte et tiède d'eau de Javel, de vomi et de cantine, les effluves visqueux de la prison. Il faut arriver trente minutes avant l'heure prévue pour le parloir. L'attente est souvent plus longue. Dans la salle où piétinent des femmes chargées de sacs de linge, le visage défait, fatigué par le trajet et les nuits sans sommeil – certaines logent dans le coin, un hébergement de fortune, un vague cousin ou une tante les accueillent parce qu'elles habitent loin, il y a un calendrier au mur, dont on doit arracher les pages chaque jour. Le temps s'est arrêté au jeudi 9 août 1990.*

*Il dit :*

*— Avant que vous ne veniez, je m'étais fait un film. Moi, j'étais le taiseux, je me connais. Vous, l'expansive, vous l'êtes dans vos lettres, je vous avoue même… J'avais peur que vous*

*ne soyez bavarde. Je n'aime pas les bavards. Je me suis trompé ! Vous m'obligez à sortir de ma tranchée.*

*— Je ne vous oblige pas.*

*— Si, bien sûr, vous êtes plus blindée qu'un coffre-fort, et je sais de quoi je parle !*

*Elle fait mine de réprimer un rire avec le dos de sa main et il prend cette main fine dans la sienne, carrée, épaisse, qui ressemble à une patte d'ours, il ose ce geste, très simplement, pour dégager son visage. Elle tourne un peu la tête de côté.*

*— J'ai le droit de voir votre visage quand vous riez ? Cela ne doit pas arriver souvent, je ne voudrais pas manquer ça.*

*Il la trouve déconcertante. Elle a une beauté androgyne, avec ses cheveux courts, très bruns, sa voix assez grave, son blouson et son jean. Au premier abord, on pourrait la prendre pour une fille incroyablement délurée. L'immense fragilité n'apparaît que dans un second temps, comme une photo dans un bain révélateur, c'est cette fragilité et la mobilité à fleur de peau qui rendent le visage si beau. Lui, le malfrat, en est étrangement touché.*

*Elle se recule légèrement, lui retire sa main, son sourire se referme comme une fleur à la tombée de la nuit. Elle hausse, bizarrement, une seule épaule.*

*— Si, ça arrive…*

## 6

Poullic
*Été 1995*

Après la fuite de Lyon, il y a eu l'arrivée à Paris, la gare trop grande et trop sonore, j'ai eu peur. Ce halètement moite, tout autour de nous, cette humanité pressée, j'avais envie de me boucher les oreilles. Ne plus entendre ces voix perdues, la horde bruyante des revenants. Je serrais fort la main de Marisol ou bien c'était elle qui s'agrippait : à cause de cette petite menotte, je suis restée calme. Tout était comme dans un film, extérieur et effrayant.

Une fois dehors, la foule à la dérive, les passants comme des morts-vivants, la chambre d'hôtel minuscule, lits jumeaux, couvre-lits en éponge bleu sale, rideaux de douche au plastique moisi, lino dans l'escalier, décollé aux coins. « Hôtel du Grand Sud », rue Traversière, juste à côté de la gare, parce que j'avais peur de m'éloigner. Toujours la stupeur sans souffrance. Les événements qui s'enchaînent – rouage mécanique, sensation d'être comme du bois.

J'ai ouvert la valise, j'avais oublié les médicaments de ma fille contre l'asthme, ça m'a fait rire. L'asthme de Marisol était une invention de Jean-Luc, une de ses innombrables obsessions pharmaceutiques.

On est sorties dîner, il avait plu, le trottoir était mouillé, il y avait les lumières rouges d'un restaurant chinois. Les banquettes étaient craquelées, les bananes flambées huileuses, ma petite était joyeuse. Je me suis demandé si j'éprouverais un jour le terrible de ma nouvelle vie. En même temps, l'impression d'urgence qui accompagne la décision. D'impuissance aussi, à vivre l'instant. J'ai pensé que vivre, je n'avais jamais su. Seulement revivre et toujours c'est trop tard. Comment profiter du présent quand il est léger et heureux ? Je m'interrogeais, sur la banquette crade du restaurant chinois. Ce qu'il faudrait répondre si on me le demandait. Ma fille, plus tard, par exemple. Ma poupée pleine de joie et de confiance.

Je me suis sentie si jeune. La veille encore j'avais mille ans.

Après quelques jours d'hôtel, une vieille amie de ma grand-mère Ussel, Sonia, que j'avais connue enfant, m'a accueillie avec Marisol, « le temps de nous retourner ». Ce temps, celui de me retourner, je ne l'ai pas eu.

***

C'est la Toussaint et Marisol a lié amitié avec les petits-enfants de Sonia, partie en week-end avec ses nouveaux amis. Dans le salon à moulures de l'avenue Rapp, il y a les piles du *Figaro*, abonnement de son mari. Entassement des pages économiques couleur saumon qu'on garde aussi pour la cheminée puisqu'ici, comme dans l'enfance chez Bonne-Maman avenue Mozart, il y en a une, avec des cannelures en marbre rose. Aussi, un atlas routier qui fait voyager, une double page par département, les nationales en rouge qui traversent très vite la page, les départementales en jaune qui serpentent à travers les courbes de niveau et les grandes taches vertes des forêts. Puis, posé parmi les revues, un guide 1990 des gîtes de France.

Une sorte d'esprit d'aventure, ou un détachement distrait des lieux et des possessions, c'est tout ce qui reste de mon éducation – on peut l'appeler comme ça ? Je ne sais pas, c'est dans ma nature, ce détachement, ça a fini par faire partie de moi, comme ce départ sans cesse rejoué, partout où on pourrait s'installer, pour un ailleurs où l'herbe poudroie plus verte, plus libre, où l'on respirera peut-être.

Cette annonce, dans les pages Bretagne du *Guide 1990* : *Aber-Vrac'h, dans la magnifique et sauvage région des abers, charmante maisonnette attenante à la maison de la propriétaire, jardinet, vue mer, tranquillité, trois couchages, idéal couple.*

J'étais en train de feuilleter, dans une vague rêvasserie, quand la douleur est arrivée comme un coup d'épée. Pourquoi maintenant ? Je n'ai pas compris. Et puis une fulgurance : mon père. Le son incisif de ce mot. Tellement vivant que j'aurais voulu l'arracher, une bête qui s'agrippe par les dents, la jeter sur le côté. Et fuir. La douleur devenait élastique, impalpable, fluide, immatérielle, elle s'incorporait, s'incrustait, se déroulait à l'infini. Échappait à la raison, celle qui était due à sa mort à lui. Comme en écho, comme la terreur dans la grande gare, inattendue, mais déchirante, l'impensable absence de ma mère.

Cette absence à laquelle je ne pense jamais, jamais, un trou au vitriol, un attentat dans le cours de la mémoire et l'oubli est passé par là. Un jour, ils ont dit que c'était ça, mon silence, mais je ne les crois pas, c'est juste une incroyable disparition, un événement figé dans l'avant-moi, incarcéré dans le passé comme une cicatrice monstrueuse qu'on ne remarque même plus.

Mais voilà.

Ce jour de novembre 1993, j'étais là, moi, « Isabel avec un seul l », dans ce salon de l'avenue Rapp. Je me suis levée de crainte que quelqu'un me voie dévastée, je suis allée dans ma chambre. Je me suis assise sur le lit. La douleur persistait, vrillait mes tempes, nouait mon ventre. J'ai tenté de respirer, longuement, j'ai compté les respirations, yeux fermés, expiré lentement, compté encore les secondes. Je ne suis pas parvenue à pleurer. J'ai toujours compté, tout, depuis toujours. Les minutes qui me séparaient d'un retour, n'importe lequel, celui des courses, de la nuit, d'éteindre, de mon père, de la mort.

Ma petite est entrée en coup de vent. Elle a crié : « Tu pleures, maman ? », comme on rit. Elle s'est pelotonnée, boudeuse, dans mes bras. J'ai dit « Mais non ! » Elle a ôté son pouce de sa bouche pour me lancer :

— Tu dis que tu pleures pas et ta joue est mouillée ! Alexis n'a pas voulu me prêter le coussin rouge ! Je l'aime plus, il est méchant…

Elle a collé sa menotte sur ma joue.

— Et toi, tu mens, c'est mouillé !

Elle s'est levée d'un bond, m'a fixée du regard, drôle et sérieuse avec ses petits sourcils froncés.

— Pourquoi tu pleures ?

J'ai touché mon visage, bêtement, comme pour vérifier, j'ai dit :

— C'est vrai, tu as raison, c'est mouillé…

C'est à cet instant que tout s'est décidé. Sans que j'y sois pour rien, presque. Marisol a sauté de nouveau sur mes genoux et m'a longuement caressé la joue, en disant : « C'est moi qui t'essuie » de sa petite voix éraillée et câline. Sa menotte potelée contre ma tempe, encore collante de bonbons. Je l'ai serrée contre moi.

On est restées comme ça, enlacées, je sentais battre son petit cœur, celui d'un animal qui attend la minute propice pour s'échapper. J'ai murmuré à son oreille :

— On va faire la valise. Demain, on va prendre un train. Toutes les deux.

Ma petiote a sauté à terre, a battu des mains et s'est mise à faire de drôles de pas de danse, en couinant de joie et en sautillant autour de la pièce tel un petit jouet en peluche détraqué.

Quand on fuit, on est néanmoins ailleurs. C'est au moins ça.

***

Cet ailleurs, il fallait que ce fût l'Aber au nom de rocher et de tourmente. Dans le train qui nous emportait, on a ri, on a été joyeuses. On s'est moquées d'un chien à poil ras qui jappait de manière ridicule sans que l'on puisse deviner si c'était un bâillement, une plainte ou une expression de joie. On a joué au portrait chinois jusqu'à Rennes.

— Si ce serait une fleur, ce serait ?

— Si c'était…

— Si c'était une fleur, alors… ?

— Un tournesol…

— C'est quoi, un tournesol ?

— Une fleur qui se tourne vers le soleil parce qu'elle lui ressemble, au soleil…

— Ça existe pas !

— Mais si, ça existe, je te montrerai…

Et les champs plus verts que la couleur, le bocage mouillé, les chemins creux aperçus à travers la vitre sale du train. Les toits d'ardoise très pentus, tachés de lichen doré ou de mousse pâle, les noms des gares que j'essaie de lire dans la vitesse et ça fait rire Marisol. Saint-Brieuc, Lamballe, Guingamp, Morlaix toute grise et étagée, Landerneau qui a un drôle de nom. Brest. Et l'autocar 20 A, de la compagnie Penn Ar Bed, qui conduit enfin jusqu'à Lannilis une petite fille vidée comme une poupée de chiffon, endormie dans les tournants bien avant le terminus.

# 7

Poullic
*Été 1995*

Violette annonce soixante-quinze ans ; la première fois que je l'ai vue, je lui en aurais donné quinze de moins. Elle cavale du potager à la buanderie, de la cuisine au marché du vendredi, du bûcher au gîte, puis à la boulangerie de l'autre côté de la place. Comme si cela ne suffisait pas, elle fait de la paperasserie pour la mairie et le ménage le samedi matin à la bibliothèque. Le soir, une fois la vaisselle faite et rangée dans le buffet, elle sort son journal, le lisse bien à plat sur la toile cirée. Une grosse main aux veines saillantes, tachée de brun, la chair a absorbé l'anneau de mariage comme une écorce poussée autour d'une ancienne attache pour les chevaux. Alors seulement, Violette s'accorde une pause. Un soir, peu après notre arrivée, après le dîner, elle m'a demandé :

— Tu as quitté Paris comme tu as quitté Lyon, d'un coup, sans crier gare ?

J'ai répondu :

— Oui. D'un coup, c'était comme ça…

— Et tu vas repartir pareil ?

Je suis restée muette. Avec Violette, être avare de mots n'est pas un handicap. Violette, elle, parle beaucoup, virevolte autour des gens, tresse des guirlandes de phrases, commente les choses et même ses propres gestes, elle pose peu de questions. Elle dit : « Mettez-vous à l'aise » et vaque à son ménage, courant de-ci de-là comme la petite fée à fichu des films d'animation. Elle vit à côté, c'est tout, elle cultive ses choux-fleurs, ses artichauts dont elle fait découvrir à Marisol le pistil géant, bleu violet, qui fait penser à une fleur carnivore.

Hormis l'épisode de la mort de Ferdinand, mon père, je n'ai presque rien raconté à Violette au début. Elle n'a pas vraiment cherché à savoir. C'est ce que j'aime tant chez elle. Quand elle nous invite à manger, c'est tôt, on a fini à 19 h 30, j'allume une cigarette, Marisol s'installe par terre au milieu d'une pile d'illustrés. Violette pose la tisanière et deux tasses, je me sens en confiance. Quand même, elle s'étonne, à propos du père de Marisol, que les choses se passent comme ça, simplement, en douceur presque. Je le lui ai redit. Que Jean-Luc était quelqu'un de bien. Quelqu'un qui déteste les conflits et à qui je n'avais pas voulu mentir. Je suis partie, c'est tout. Comme toujours. Elle a écouté sans faire de commentaires, en vaquant à ses affaires. Toujours à s'occuper les mains, Violette, ranger sa boîte à couture, découper un patron dans un magazine, étiqueter des conserves de légumes.

***

Quelque temps après, nous étions restées à veiller plus tard que d'habitude. Violette m'avait gentiment couvert les épaules de son châle, je ne m'étais pas aperçue que j'avais froid. Marisol s'était endormie la tête sur le bras du vieux fauteuil. Violette a sorti son tricot. J'ai regardé ses mains tavelées, si agiles, écouté le clic-clac des aiguilles qui virevoltaient. On est restées un moment dans ce presque silence. Une bûche s'est effondrée dans le poêle. Violette a toussoté.

— Tout de même... Il t'a laissé partir sans rien, ton mari, sans avoir de quoi...

Ce n'est pas de la curiosité, juste du bon sens. Elle ne cherche pas à savoir ce qu'on ne veut pas lui dire, mais elle dit ce qu'elle pense. Et voilà, tout de même, il fallait « avoir de quoi ». Une gosse, pas de famille, pas de maison, pas de projet...

J'ai hésité, j'ai une pudeur sur ces questions-là :

— Je ne suis pas « sans rien », Violette...

J'ai écrasé ma cigarette, elle a ouvert le poêle et l'a tisonné un moment.

— T'as des petites économies pour toi et la gamine ? Faut pouvoir voir venir, des fois...

Je l'ai rassurée.

— Oui, ne vous inquiétez pas pour ça, j'ai des revenus, ma grand-mère m'a légué un appartement à Lyon, il est loué depuis trois ans, je touche le loyer chaque mois. Cela suffit pour nous deux... Ça suffit amplement... Jean-Luc est un homme responsable, j'avais un compte à moi, Marisol aussi a un compte, depuis sa naissance, qu'il alimente régulièrement... Jean-Luc a toujours veillé à... Pour ça, c'était... enfin, je vous l'ai dit, c'est vraiment quelqu'un de bien...

— Vous ne vous entendiez plus, c'est ça ?

J'ai haussé les épaules : « Même pas. » Tout à coup j'ai eu peur qu'elle me juge. Je ne pouvais lui expliquer ce que je ne comprenais pas moi-même.

— Vous trouvez que c'est mal...

— Non, non... Ça me regarde pas, note, c'était juste pour savoir si toi et la petite, vous aviez ce qu'il faut...

Clic-clac des aiguilles, allure folle des rangs de jersey. J'ai allumé une autre cigarette. Violette a marmonné :

— Tu devrais pas...

C'est là que j'ai dit :

— Ça serait bien si je trouvais un petit boulot.

Elle s'est gratté le talon à l'intérieur du chausson avec une aiguille à tricoter, a compté et recompté ses mailles qu'elle avait perdues.

— Ça se pourrait qu'y ait quelque chose en mairie ou en bibliothèque... Faudra voir.

# 8

Maison centrale de Poissy
*Novembre 1994*

*Elle y va. Elle s'est engagée à y aller. Ce type est devenu sans doute le seul être, hormis Marisol, avec qui Isabel se sente engagée. Un échange qui n'engage à rien, justement. Juste cette excursion régulière en RER pour aller voir un homme enfermé. Une sorte de continuité. Isabel, elle, se love depuis si longtemps dans des phrases interrompues.*

*Maintenant, il y a ce « parloir ». Lui dans ce parloir. D'un coup, la porte s'ouvre, il est là, immense, et elle retrouve quelque chose de la solitude. Sa propre audace l'effraie, c'est insensé d'être allée au-devant de cet homme face à qui elle ne peut prononcer que de misérables borborygmes. Rien d'avenant, ni de souriant, ni même d'intelligent, rien de drôle, rien de léger et aimable, ce qu'il faudrait, tout ça. Non, rien que ce sérieux incompréhensible, les pensées qui se prennent en glace à la vue de l'autre qui est devant, solide et dru, avec ce regard dur et brillant – un bloc de charbon.*

*Louis Lemaître n'est pas comme les autres, mais elle ne sait pas comment sont les autres. Une seule certitude : cet homme-là. Quand il entre, elle essaie de sourire, fait une pauvre grimace, ne maîtrise pas le léger tic de sa lèvre supérieure. Lui, il sourit, simplement.*

*— Alors, vous persistez ?*

*Elle hoche la tête, comme si on lui demandait son avis. Oui, c'est ça, c'est encore moi, pardon. Elle suffoque un peu, tente sans résultat de réguler son souffle, tend une main moite et froide. Le surveillant a refermé la porte.*

*Il s'approche, ce corps immense, il franchit le court espace qui les sépare.*

*Il ne dit rien de plus, son sourire est devenu grave, ses yeux noirs, très enfoncés, ont l'éclat de ceux d'un chat, qui animent tout son visage, mais elle le voit à peine parce qu'elle a baissé la tête.*

*Il prend sa pauvre main glacée dans les siennes et la tient ainsi un long instant, enfermée.*

*— Vous avez froid.*

*Une larme coule sur son visage. Elle murmure : « Le vent… » en retirant sa main pour s'essuyer avec sa manche.*

*Lui, il la considère sans rien dire.*

*On dirait qu'il la découvre. Pourtant, cela fait presque deux mois que cette fille déconcertante vient avec la régularité d'une horloge. Plutôt frêle, une mèche rebelle sur le front dans ses cheveux courts et, au fond de ses yeux, un étonnant iris bleu cerné de noir. Ses gestes à la fois brusques et hésitants. L'ébauche d'un sourire, parfois, qui illumine le visage et alors, c'est si beau. Derrière la douceur des traits, la rage et la haine d'elle-même.*

*Les hommes doivent la regarder, elle a quelque chose d'une biche, apeurée et sauvage. Un regard, c'est un appel, et Isabel ne répond pas.*

*Nous sommes comme des livres, les humains. Si nous ne sommes pas lus, nous n'existons pas. Je n'existe pas, c'est ce qu'elle se dit parfois. La fuite, c'est cela, aussi. Voir ailleurs si j'y suis.*

*C'est parce qu'il la regarde, aujourd'hui, avec tant d'attention, qu'il comprend quelque chose d'elle. Pourquoi c'est si difficile de parler. Pourquoi les mots sont des cailloux pointus qui lui écorchent la bouche.*

*Il sort un petit bouquin de sa poche, le pose sur la table. Des mots croisés.*

*— Un de mes passe-temps favoris. J'adore.*

*— Moi, j'y comprends rien.*

*— Je vous apprendrai, si vous voulez. Une fois qu'on a compris, ça marche tout seul. Vous verrez.*

*Elle murmure : « D'accord ». Elle se tait de nouveau.*

*— Vous ne voulez pas parler et vous pensez que cela vous donne un genre.*

*Elle hausse les épaules, en faisant une drôle de grimace qui le fait rire.*

*— Ça vous énerve, hein ? C'est énervant d'être débusquée… Mais vous n'êtes pas un gibier. Je ne cherche pas à vous attraper. Simplement à vous sortir du filet dans lequel vous vous êtes mise vous-même…*

*Elle baisse les yeux, se cure l'ongle du pouce avec un ticket de métro roulé. Il ajoute :*

*— Sinon, vous ne seriez pas ici.*

*Elle fait mine d'observer son ongle. Lui, il poursuit :*

*— Ça ne me gêne pas que vous vous taisiez… Parfois je me demande si vous êtes vraiment là.*

*Alors, elle dit :*

*— Oui, je suis là. Vous le savez bien.*

*Il sourit.*

*— J'aime le timbre de votre voix.*

# 9

Poullic
*Été 1995*

C'est à Violette que je l'ai dit et c'était la première fois que je me le disais à moi-même :

— Je me sens prisonnière. C'est pour ça que je suis venue ici, à l'Aber. Je ne peux pas expliquer. Souvent, j'ai l'impression que le monde est loin… en dehors de moi. C'est comme ça depuis longtemps.

Violette a hoché la tête. J'étais sûre qu'elle me comprenait.

Quelques jours plus tard, elle me remettait la brochure d'une association qui s'occupait de correspondance avec des personnes détenues. Elle-même l'avait fait pendant cinq ans, correspondante : elle avait arrêté à la mort de son Léon.

C'est comme ça que tout a commencé, en fait. Par un échange de lettres avec ce prisonnier de la centrale de Poissy. Début février, l'association répondait à ma demande. Un détenu sollicitait une correspondance, un certain Louis Lemaître. Sur la fiche, il y avait aussi son âge, quarante et un ans, la durée de sa peine, quinze ans, celle de sa détention jusqu'alors, six ans, et le numéro d'écrou, 3123 519.

Avec le dossier, il y avait une lettre type de demande de correspondant, une fenêtre remplie d'une écriture serrée dont chaque ligne montait un peu plus vers le haut à droite de sorte que la toute dernière se trouvait presque entièrement verticale. Il écrivait : « *Je ne suis pas curieux des gens. Je ne vous demande pas de me parler de vous, enfin rien d'indiscret ou de personnel. Juste d'être une petite fenêtre sur le monde extérieur.* »

En lisant ces lignes, j'ai ressenti une sorte de fierté, il faut bien le dire. Je me suis assise presque aussitôt devant ma petite table qui tient avec une cale et j'ai répondu. Ma meilleure écriture, la belle, équilibrée, je me connais, j'ai du style. J'ai tourné une jolie lettre à ce détenu. La tonalité générale en était : « *Je suis quelqu'un de fort et de bien structuré, je suis heureuse de pouvoir vous soutenir dans cette épreuve.* »

Bon, je dois le dire, au moment de fermer l'enveloppe, j'ai eu un vague sentiment d'imposture. Je suis vite allée acheter le timbre, avant que ce sentiment ne m'envahisse, ne me fasse recommencer sur un tout autre ton. Une fois la lettre mise à la boîte, j'ai pensé : le pouvais-je, moi, Isabel, être une « petite fenêtre », même toute petite, alors que j'ai l'impression d'étouffer ?

J'ai pensé aussi qu'une fois de plus, je m'étais jetée dans cet « en avant » qui m'avait toujours fait quitter la proie pour l'ombre. « Ombre », ça m'a fait sourire. Pour le coup, j'y allais direct, à l'ombre.

Dans la lettre suivante, j'ai essayé d'être plus vraie. J'ai reparlé de la petite fenêtre, j'ai dit que je ferais tout ce que je pourrais, mais que je craignais que par cette fenêtre-là ne passe pas beaucoup de lumière. J'ai écrit : *Il faudra vous contenter de paysages souvent gris, si cela ne vous fait pas peur. Sauf la lumière de la liberté, bien sûr, puisque c'est ce que je peux vous apporter, n'est-ce pas, le parfum de la liberté ? Pour le reste, je ne sais pas bien mentir.*

Il a répondu, il se disait touché de mon honnêteté, il se permettait de remplacer le mot « liberté » que j'avais employé par celui d'« extérieur ». *Parce que plus je vous lis, moins je vous sens apte à parler de liberté. Je me trompe ?*

Ce type écrivait décidément bien. Je l'ai trouvé perspicace, presque blessant. Surtout, il prenait sur moi un ascendant imprévu. J'ai, stupidement, tenté de le remettre à sa place, tout en essayant de ne pas me faire mal voir de lui. Je me souviens très clairement de ce moment, j'ai senti que j'étais déjà attachée à la petite écriture serrée et montante.

Il m'a envoyé trois lettres coup sur coup, adressées à « Aura Duciel », mon pseudonyme. Duciel pour d'Ussel, Aura, je ne sais pas pourquoi, la sonorité me plaisait, à cause de l'aurore. La première m'a vexée. La deuxième m'a troublée. La troisième m'a ferrée. Le mouvement sec du pêcheur qui ferre le poisson.

***

*Vendredi 25 février 1994*

*Bonjour Aura,*

*Je crois que vous faites fausse route. Dans votre avant-dernière lettre, vous avez fait le seul pari qui vaille la peine, tout au moins avec moi. Celui de vous montrer honnête et franche, telle que vous êtes, c'est tout ce que j'attends de vous. C'est la seule « petite fenêtre » qui me convienne. À vrai dire, je n'attends rien. Cependant, je n'ai pas de temps à perdre avec des sermons dissimulés sous de bonnes intentions et n'ai pas cherché à correspondre avec une dame patronnesse.*

*À un de ces jours, peut-être.*

*Salutations,*

*L. Lemaître*

*Lundi 9 mars 1994*

*Chère Mademoiselle,*

*Vous ne saviez pas ce à quoi vous vous engagiez en demandant à correspondre avec une « personne privée de liberté », puisque c'est ainsi que l'on nous désigne dans les bureaux. Et cela vous suffit, un petit entretien minable avec un fonctionnaire pour vous autoriser à me parler de la liberté ?*

*J'ai été brutal dans ma dernière lettre. Je m'en excuse. Comme vous avez la gentillesse de ne pas en être froissée, je vais m'en expliquer. Quand je suis arrivé en prison, ce ne sont pas les murs dégueulasses, les portes en fer, l'absence de « loisirs », les paroles vulgaires ou agressives des autres, matons et détenus, qui m'ont pesé. C'est une impression, qui tournait dans ma tête en une seule phrase, jusqu'à en perdre le sommeil : « Que me reste-t-il, à moi, que je puisse décider ? Que me reste-t-il de mon libre arbitre ? Dans cette cellule, où toutes les actions sont à heure fixe, les repas, la toilette, la promenade, l'extinction des feux, quel acte relève encore de ma propre décision ? » Cela me rendait fou, de ne pas pouvoir décider seul du moindre acte vital. Toute la liberté du monde me paraissait concentrée dans cette question : le pouvoir de décider, seul, d'un acte essentiel à ma vie. J'en ai trouvé un. J'ai arrêté de fumer. Je ne sais pas si vous fumez, mais je pense que si vous le faites, ce doit être très raisonnablement, parce que vous me paraissez une personne raisonnable. La preuve, vous avez entrepris cette chose tout à fait stupide et raisonnable de correspondre avec un détenu. Vous ne savez sans doute pas ce que c'est qu'une addiction. Je fumais deux paquets par jour. J'ai arrêté du jour au lendemain, après ma seconde incarcération. C'était difficile au début, mais chaque fois que l'on me proposait une cigarette et que je refusais, je ressentais une sensation physique de jouissance, plus forte que le manque, une ivresse. L'ivresse de la liberté, je l'ai ressentie en prison. Cela devrait vous faire réfléchir.*

*À la prochaine,*

*Louis L.*

*22 mars 1994*

*Chère Mademoiselle Aura,*

*C'est gentil d'avoir bien voulu correspondre. Je crains d'avoir été rude dans mes précédentes missives. Ici, vous le savez peut-être, c'est l'analphabétisme érigé en valeur. Mais non, vous ne pouvez pas imaginer. Que peut-on imaginer, de dehors, quand on n'a aucune idée de ce qu'est la prison ? D'ailleurs, je me demande quelle sorte de curiosité peut pousser des gens comme vous, je le dis sans méchanceté, à vouloir correspondre avec des gens comme moi. Car bien sûr, nous allons « correspondre », toutefois nous ne nous correspondons en rien, vous vous en doutez. Je suis un taulard, vous une bourgeoise. Vous êtes gentille, pleine de bonnes intentions, je suis une boule de rage, je n'aime pas les gens et n'ai besoin de personne. Mais j'aime les choses et je lis à travers vos lignes une certaine sensibilité. Ne nous y trompons pas, c'est vous qui êtes demandeuse. Pas moi. Néanmoins, le taulard, il vaut mieux que ce soit moi plutôt qu'un autre, croyez-moi.*

*À bon entendeur,*

*Sans compter que je peux me permettre de vous quitter abruptement, sans y mettre les formes, puisque vous vous êtes engagée à m'écrire régulièrement. Notre échange est, en quelque sorte, sous contrat, mais à sens unique. La bonne blague !*

*À la prochaine, donc,*

*Louis Lemaître*

# 10

Poullic
*Été 1995*

D'abord, il y a eu ces mois de courrier échevelé, l'ivresse à correspondre avec un inconnu. J'attendais ces lettres avec impatience, parfois même avec humeur quand elles n'arrivaient pas. Quand il n'y en a pas eu pendant trois semaines, ça m'a plongé dans un affreux tourment. Finalement, la lettre est arrivée. Il expliquait que sa nièce ne lui avait pas envoyé le mandat, qu'il n'avait pas pu cantiner pour acheter les timbres. C'est là seulement que j'ai été confrontée à une réalité que je n'avais pas vraiment appréhendée : cet homme était enfermé. Un prisonnier. Le mot a brusquement sonné très loin de l'auteur des lettres. Il n'avait pas à disposition ce dont on a besoin au quotidien, une enveloppe, un timbre. Il devait cantiner. Et aussi, il avait une nièce à laquelle il semblait très lié. Ça m'a agacée, je ne sais pas pourquoi.

***

Louis, c'est un attachement nouveau, un genre que je n'avais jamais éprouvé, qui passe par ce que l'on appelle communément un échange. D'habitude, je n'échange pas. Enfin, très peu. Je dessine. Je dessine beaucoup, depuis toujours, souvent en dessous j'écris des phrases. Parfois, le contraire, j'écris et, dans la marge, je dessine, des « bonshommes » comme disent les gosses, des chevaux, des dizaines de chevaux tracés à main levée qui galopent dans les blancs du papier, parce que je les aime, pour leurs crinières au vent qu'on peut déployer d'un seul trait, pour leurs veines qui palpitent à fleur de peau sur l'encolure, pour l'odeur du foin, de crottin, de grésil, de vent et de sauvagerie. À la fin, je déchire, ça ne m'intéresse pas que les gens voient ce que je fais. Quand je suis dehors, j'enterre mes dessins. La plupart du temps, j'oublie l'endroit, à vrai dire je ne cherche pas à me rappeler. Personne ne sait que je dessine, sauf Marisol parce qu'elle aussi aime ça.

Souvent, on part toutes les deux, notre matériel dans un petit sac à dos rouge, carnets, crayons, gomme. On se cale dans un vallon ou à l'abri d'un talus, ou au bord d'une lande bien dégagée, et on dessine côte à côte, au chaud, loin du fracas du monde, on dessine les bruyères avec tous les mauves, parme, orange, violet, et les blocs de granit gris qui ressemblent à des animaux. Quand on a fini, on fait un trou et on enterre nos dessins ensemble. Marisol tasse le sol à grands coups de talons et on camoufle avec des branchages pour que rien ne se voie. Ça nous fait rire.

À l'école, Marisol a été troublée le premier jour où la maîtresse a dit que l'on gardait tous les dessins de la classe dans un grand carton pour les donner aux parents à la fin de l'année. Comme si le dessin continuait sa vie sans elle.

Le soir en se couchant, elle m'a demandé ce qu'il faisait, son dessin, avec tous les autres dans son carton. Est-ce qu'il s'ennuyait, par exemple ? Je lui ai répondu qu'il était sûrement content d'être avec les dessins des autres enfants, ça a paru lui convenir et elle s'est endormie.

***

J'ai peu de conversation. Je sais jamais quoi répondre quand on me parle. En général ça vient trop tard, je suis décalée. J'avais prévenu Violette dès mon arrivée, je lui avais dit tout de suite, je ne suis pas bonne en société, je ne voulais pas qu'elle le prenne mal. Elle l'avait remarqué, ça l'avait fait rire que je me donne la peine de l'en informer. Ce n'est pas que ça lui déplaisait, elle m'a dit tout de suite que son Léon était comme ça. Mais les hommes, ça arrive. Alors qu'une femme. C'est vrai, c'est plus rare, ça fait tout de suite dérangé. Des taiseux, elle en avait connu, son père aussi en était un. Mais une femme, elle le répétait, tout de même, une femme… et jeune. Mais ça ne la choquait pas plus que ça, ça l'attendrissait, on aurait dit. Elle m'a prise en amitié.

Elle avait peur de m'ennuyer, au début, je lui disais : « Non, Violette, au contraire, je suis si bien avec vous. » Elle marmonnait des choses, secouait la tête, l'air de penser « Tout de même… », et moi, je voyais cette bonne tête grise, j'imaginais à l'intérieur tout un tas de petites pensées gentilles et débordantes, pleines de points d'interrogation, et Violette qui les grondait, ces petites pensées, et leur disait de se tenir tranquilles, de ne pas venir m'embêter. Parfois, quand je la regarde, si je m'écoutais, je me lèverais et j'irais l'embrasser.

Il faut que je dise quelque chose, à propos de Violette. Ce qu'elle m'a rapporté l'autre soir au détour d'une phrase, avec ce sourire lointain quand elle parle de lui : pendant quarante ans, elle s'est endormie tous les soirs en tenant la main de son Léon. Un matin, en se réveillant, il avait lâché la sienne. Elle a senti le grand vide avant de sentir qu'il était froid.

## 11

*13 avril 1994*

*Chère Mademoiselle Aura,*

*Notre grand tort est de croire que l'autre, en face, est lisible. Ou plutôt, de croire que cette lisibilité est la condition de la relation. Vous n'échappez pas à cette crédulité, car vous êtes naïve. Vous croyez avoir vécu, souffert, etc. Vous croyez qu'il suffit d'avoir souffert pour avoir vécu. Rien n'est plus faux. Il faut aussi réfléchir. Il faut accepter qu'on ne rencontre l'autre qu'en passant, comme deux trains se croisent. Si on arrive à se faire signe, ce n'est déjà pas mal.*

*L'autre est un mur creux, truffé de micros et d'échos, de la soupe de sons dans laquelle les mots vrais sont le plus souvent inaudibles.*

*Vous ne devez absolument pas avoir confiance en moi dont vous ne savez rien. Vos lettres m'apportent ce petit réconfort purement matériel dont nous avons tous besoin, comme avoir chaud, se nourrir, etc. Rien de plus. Enlevez-vous de la tête l'idée que vous me connaissez, même « un peu », comme vous l'écrivez.*

*Vous ne vous doutez pas du pire. Si vous l'entrevoyiez, ne serait-ce qu'un instant, vous cesseriez toute correspondance. Je m'en porterais mieux. Cela me fatigue d'avoir à me démolir consciencieusement à vos yeux pour la seule raison que vous me voyez à une place où je ne suis pas. Je dis « consciencieusement » parce que, voyez-vous, Mademoiselle Aura, j'ai de la conscience. Je m'en voudrais d'abuser de vous. Vous vous donnez beaucoup de mal pour me parler de choses intéressantes. Mais rien ne m'intéresse hormis moi-même. Je n'ai que faire de l'empathie.*

*Je comprendrais parfaitement que vous ne répondiez pas.*

*Louis*

*4 mai 1994*

*Chère Mademoiselle,*

*Vous êtes pleine de cœur, trop, même. Si vous n'avez pas été assez aimée quand vous étiez petite ou si votre mec vous a larguée, ne cherchez pas à vous donner l'impression d'être utile en faisant semblant d'éprouver de la compassion pour un type comme moi. Je ne vous crois pas. En revanche, si cela vous amuse de correspondre avec un gars qui mouline quelques idées parce qu'il a tout le temps pour le faire et la matière grise qui va avec, il faut vous blinder. Quand je pense quelque chose, je le dis, si c'est une flèche, je l'envoie, je me fous de savoir où elle va se planter. D'autant que je ne vous ai jamais vue, je ne vous imagine même pas, je ne sais pas si vous êtes jolie, moche, grosse, boutonneuse et, à vrai dire, ça aussi je m'en fous. Mais si vous continuez à m'écrire, dites-moi des choses intéressantes !*

*Salut,*

*Louis*

*P.-S. : Et si vous voulez vraiment vous rendre utile, il y a de quoi faire, en prison ! Ici, les détenus demandent une bibliothèque, un atelier de lecture, je ne sais quoi encore. Mais il faut leur accorder du temps. De la présence.*

***

De la présence. Ce que je n'ai pas à l'état naturel. Face aux autres, je m'évapore. La sensation est exactement celle-là. La présence, c'est l'autre en face.

J'ai répondu. Plus tard, il m'a parlé de mon « *petit écrit de demoiselle un peu piquée, animée par des sentiments élevés* ». C'était si humiliant. Dans cette même lettre, j'avais dit que la liberté était « *la colonne vertébrale de l'humain* ». Rien que d'y repenser, je me sens si sotte. Au vu de tout ce qui s'est passé après. J'étais contente de moi. L'idiote.

***

*2 juin 1994*

*Écoutez, Mademoiselle aux grandes idées, arrêtez de me parler de liberté si vous voulez que nous poursuivions cet échange. Vous m'obligez à entrer dans des détails autobiographiques dont je n'avais pas l'intention de parler. Mais bon… Je purge pour de longues années une peine que mon grand-père a payée de la sienne. Je ne peux pas être un homme libre. Je ne le suis pas, de naissance. Comme certaines personnes naissent avec une tache, je suis né, moi, avec une tare : mon grand-père a été accusé d'un meurtre dont il était innocent. Il est mort trois ans plus tard à Cayenne. Son fils, mon père, en est mort à son tour, je devrais dire « crevé », dans le caniveau, comme un chien, perdu pour le monde. Je n'ai pas le droit de vivre libre. Une erreur judiciaire dont trois générations de déclassés font les frais. C'est ainsi. Ne cherchez pas à comprendre. Ne me demandez rien, surtout.*

*Bonne nuit, chère Mademoiselle Aura, dormez sur vos deux oreilles, tout va bien,*

*L. L.*

*16 juin 1994*

*Chère Aura,*

*Je regrette de m'être laissé aller dans ma lettre précédente. J'ai évoqué un passé que personne ne connaît ni ne doit connaître. Je n'en parlerai plus. Par ailleurs, ayez la bonté lors de votre prochain envoi de bien coller le papillon de l'association. Vous ne l'aviez pas fait la dernière fois, l'enveloppe a été ouverte, ce que je déteste, cependant vos lettres ne contiennent rien de bien méchant.*

*Je réitère ma proposition : si vous n'avez rien de mieux à faire (à part votre fille, si je ne m'abuse, vous êtes… désœuvrée, soit dit sans aucun jugement ?), n'hésitez pas à proposer vos services à l'administration de la prison. On est demandeur.*

*Salut cordial et fraternel,*

*L. L.*

***

Je lisais, je répondais, j'attendais. Tout me bouleversait. Chaque phrase contenait une vérité ou un reproche. Je n'étais pas une interlocutrice valable, j'avais omis de coller le papillon, ma lettre avait été ouverte, mes lettres ne contenaient « *rien de bien méchant* », autant dire rien.

J'étais perdue devant cette correspondance, Louis Lemaître avait pris la main. J'avais imaginé être celle qui soutient, il avait très vite bousculé cette posture somme toute artificielle pour chercher ce qu'il y avait d'authentique en moi. Le sachant si peu moi-même, ça, l'authentique et ce qui ne l'était pas, je m'égarais et il me remettait à ma place avec dureté.

J'ignorais tout de cet homme. Et il s'adressait à moi comme s'il me connaissait si bien qu'il pouvait d'un mot me débouter.

## 12

Poullic
*Été 1995*

J'ai commencé mon travail à la bibliothèque le 8 mars de l'année dernière. Je travaillais de 10 à 15 heures. Ça me plaisait. Au début, je ne faisais que classer des fiches par auteur et par genre, mais, dès avril, on m'a alloué un petit budget pour acheter des livres. J'allais à Brest avec la voiture de Violette pour choisir et acheter des livres à la librairie Dialogues, j'aimais ça.

Ce mois d'avril 1994 était presque estival, mais dès le 1er mai, le temps a tourné et il s'est mis à pleuvoir des cordes tous les jours. Ma correspondance avec Louis Lemaître prenait un tour qui me dépassait et me débordait. Parfois, j'avais envie de tout envoyer balader. Ce mai pluvieux était à l'image de mon humeur.

Un après-midi, Marisol et moi étions rentrées de l'école trempées jusqu'aux os. Violette nous avait préparé un chocolat chaud et, comme Marisol voulait jouer avec le chien, elle nous avait proposé de rester ensuite. La pluie s'est calmée et elle est sortie travailler dans son potager. Je lisais un livre pour la jeunesse acheté la veille et destiné à la bibliothèque. Puis je suis tombée sur la dernière lettre de Louis qui me servait de marque-page, et là, j'ai décroché. Je suis partie à rêvasser, ne me suis même pas aperçue que Violette était rentrée, qu'elle avait épluché ses légumes, mis sa soupe à cuire et qu'elle était en train de parcourir la page nécrologique du journal (Violette dit « la page des morts », avant d'ajouter : « Y a qu'eux qui mentent pas ! »).

Elle ponctuait sa lecture de commentaires destinés à elle seule :

— Ah *ben*, le vieux Tudec a cassé sa pipe ! La pauvre madame Bizien, ce qu'elle a pu souffrir, la voilà délivrée... Enfin... C'est son homme qu'aura la paix, maintenant, parce que comme peau de vache...

J'ai dit, à voix haute, je ne sais pas pourquoi, j'avais envie qu'elle m'entende :

— Un type incroyable...

— Qui est-ce qui est incroyable ? Est-ce que je devine, moi !

— Ce détenu qui m'écrit...

— Ah bon ? Tu as tiré un bon numéro ? Ce n'est pas l'illettré habituel, le gars qui ne sait pas aligner trois phrases, bourrées de fautes de français et tout ? Je connais, j'ai donné cinq ans de mon temps, c'est la grosse majorité, hein ? Note bien, ça ne change rien, même quand ils savent à peine lire et écrire, ils sont contents de recevoir du courrier, ce qu'il faut, c'est qu'ils comprennent ce que tu leur écris, il faut une bonne écriture bien ronde, bien lisible et... Tu ne m'écoutes pas, ça n'a pas d'importance, d'ailleurs, enfin le tien, apparemment, ce n'est pas un illettré ?

— Non.

— Et alors qu'est-ce qu'il te raconte ?

— Des trucs…

— Des trucs… Me voilà bien avancée ! Ils t'ont dit, à l'Association, qu'il ne faut surtout pas te laisser embobiner ? Les détenus ils essaient – c'est normal, remarque, dans leur situation –, mais faut pas que celui-ci te demande de l'argent, ou de quoi cantiner, ou des timbres, ou quoi ou qu'est-ce, je les connais…

C'était il y a un an, la première fois que je lui parlais de Louis.

## 13

Maison centrale de Poissy
*Novembre 1994*

*C'est le quatrième parloir. Elle les compte. Un décompte qui est comme une concrétion. Plus il y en aura eu, plus ce sera réel. Parce que, entre les parloirs, il y a le reste de la vie et ce sentiment troublant, parfois, lorsqu'elle quitte la prison, que cela n'a pas eu lieu. De cet homme comme un rocher, il ne reste rien sitôt tourné le coin de la rue de l'Abbaye, que la rugosité, les aspérités et même ça, ça s'efface à mesure que les pas l'en éloignent. Alors que quand ils s'écrivaient, tout demeurait, immobile et vivant, à travers les lettres.*

*C'est pour ça, le décompte des parloirs. Une preuve de vie.*

*Aujourd'hui, elle l'observe, on dirait qu'elle regarde la pointe de ses baskets, mais le grand regard sombre l'enveloppe, lui, tout entier. Par en dessous, comme on regarde un tableau tout en continuant à marcher pour deviner ce qu'il y a derrière la surface peinte. Elle pense qu'il n'est pas si impressionnant. Ni armoire à glace au regard froid ni barbu séduisant genre urbain bucolique. Un homme, rasé de près, chemise propre boutonnée jusqu'au col.*

*Ce jour-là, il est dans cette humeur rude qui l'effraie. Son visage est obturé, cousu, une écorce. Elle n'est pas sûre qu'il soit content de la voir. Elle n'aime pas quand il se tait. Ce n'est pas le silence qui la gêne. Il doit être habitué à côtoyer des êtres humains avec qui il ne veut pas se fatiguer à parler, elle le sait. Mais quand il est comme ça, cette sensation d'être en trop, elle l'éprouve avec plus d'intensité encore. Elle se dit qu'il la méprise.*

*Elle croise et décroise ses jambes, les noue sous sa chaise.*

*Comme toujours, elle non plus n'a pas dit grand-chose. À un moment, d'une voix presque inaudible, elle a évoqué un épisode, l'année de ses dix-huit ans. En réalité, elle n'a pas vraiment eu le temps. Elle a dit quelque chose comme « le jour où j'ai repris ma liberté ». C'était un peu pompeux, ce n'était pas exactement ce qu'elle voulait dire. Mais elle avait prononcé le mot, elle s'était oubliée un instant dans l'émotion d'un brusque état de confiance. Et le tigre en face est sorti de sa torpeur. Il s'est mis à ricaner, sur son visage un rictus de fauve. On ne parle pas de corde dans la maison d'un pendu. Il l'a brutalement interrompue.*

*— Tu sais ce que c'est, être libre ? Tu le sais, toi ?*

*Il la tutoie avec rudesse. Elle voudrait fermer les yeux, il ne la regarde pas, de toute façon, il s'emporte tout seul. Elle pense « Torture. Sortir. » Il s'arrête, aussi brusquement qu'il s'est emporté. Elle ose le regarder, il lui sourit à présent, se remet à la vouvoyer.*

*— Ne vous fatiguez pas à chercher quoi me dire, je sais que ce n'est pas facile. Moi, je ne suis pas facile.*

*Elle fait mine de protester, il lève la main et elle recule instinctivement sa tête comme si elle craignait qu'il la touche.*

*Et puis à brûle-pourpoint :*

*— Vous lisez de la philo ?*

*— Euh… pas vraiment… Enfin, si on me conseille.*

*Il lui tend un livre, tout corné.*

*— Lisez-donc cela pour la prochaine fois. Ainsi, nous aurons quelque chose à nous dire.*

*Elle prend le livre, bafouille un merci. Elle devrait répondre quelque chose, mais, en elle, c'est cimenté. Le silence s'installe de nouveau. Il semble perdu dans ses pensées.*

*Au bout d'un temps réglementaire qui pèse une éternité, il la regarde et lui sourit très simplement.*

*— C'est long, hein, une heure ? On peut arrêter quand on veut, c'est ça la liberté…*

*Il se lève et tend la main. Elle fait mine de protester.*

*— Si, si, ne dites pas le contraire !*

*Il a un rire bref. Avant de sortir, il se retourne :*

*— Vous savez… Avec moi, pas la peine de faire de manières. Vous parlez, c'est bien, vous ne parlez pas, c'est bien aussi.*

*Et il ajoute :*

*— Moi, je suis juste content d'avoir de la visite.*

*Dehors, grand soleil. Isabel est tout étourdie. Elle pense, je me retrouve avec un livre à potasser pour la prochaine fois… Et c'est moi qui suis censée lui apporter « l'aide et le réconfort »…*

*Elle regarde le livre. Spinoza :* Sur la liberté. *Elle est envahie par un sentiment d'imposture.*

# 14

Poullic
*Été 1995*

Avant les parloirs, j'y suis allée une première fois, avant l'été, juste pour voir. Je ne savais pas ce que je voulais voir, je voulais faire ce trajet, sentir l'odeur du train, saisir quelque chose, physiquement, comme on met un pied dans l'eau froide avant de plonger. Train à Brest, nuit à Paris, hôtel moyen, mauvais lit, mal dormi. Retour le lendemain, très tard. Je n'ai rien dit à Violette, seulement demandé si elle pouvait prêter la 4L et garder la petite.

Poissy, rue de l'Abbaye. Un centre-ville comme il y en a des dizaines, pavés, venelles, rues étroites, hautes façades, portes cochères massives, encorbellements de bois blanchis par le temps. La prison. Le bâtiment principal est imposant, un ancien couvent d'Ursulines, je l'apprendrais plus tard, par le dépliant. Devant, c'est bien dégagé, une place, quelques platanes poussiéreux. Je me suis adossée au mur d'en face. J'ai fixé l'entrée et les mots « Maison centrale de Poissy » jusqu'à l'hallucination. Quand les lettres ont fini par se disloquer sous mes yeux, j'ai repris le chemin du RER. Attendu deux heures sur un banc gare Montparnasse, en plein courant d'air, aucune pensée, aucun magazine, pas envie de lire, même pas de poser les yeux. Dans le train, je me suis assoupie, j'ai fait semblant aussi, observé les yeux mi-clos un homme beau qui s'est assis en face de moi. J'ai imaginé des choses avec cet homme et senti une brusque montée de désir. Pensé que si j'étais une autre, je l'aurais fait, ça, j'étais assez jeune et libre pour faire savoir à un inconnu dans un train que pourquoi pas, oui, on pourrait, que je voulais, s'il voulait. Oui, assez libre et jolie. Rien fait, bien sûr, pas osé bouger un cil. Été désespérément moi-même.

Je me suis endormie, réveillée à l'annonce de Saint-Brieuc, l'homme descendait son sac du filet à bagages, un gros sac d'armée kaki, il est parti.

***

Au retour, Violette a fait les gros yeux, comme si j'étais une adolescente qui avait passé l'heure. Après 23 heures, elle s'était vraiment inquiétée. « Je veux bien que tu ne dises rien jamais, je te garde ta gosse, je te demande pas où tu vas, tu fais ce que tu veux, mais j'ai passé l'âge de me faire du mouron… » C'était la première fois qu'elle se fâchait.

Le lendemain soir, Violette a fait un ragoût de mouton, j'ai raconté, un peu. Je me suis sentie obligée, à cause du savon de la veille. Je n'ai rien dit de ma journée à Paris, j'ai parlé de ma mère que je n'avais jamais connue, de mon père, pas grand-chose à cause de Marisol, juste son prénom, aussi de ma grand-mère, oui, j'ai parlé de ces personnes devant lesquelles j'avais dressé un mur. Ça m'a fait drôle de prononcer ces noms, ça sonne comme une langue étrangère. Une langue apprise il y a très longtemps et que je ne parlerai jamais plus. Je n'ai rien dit sur la cause de la brouille. Violette ne m'a rien demandé, Violette c'est particulier, je sais pourtant qu'elle n'aurait pas jugé.

Elle faisait son crochet pendant que je parlais, toute concentrée sur chaque petite maille, sur chaque petit mot prononcé. J'ai manqué pleurer à un moment, elle a fait semblant de ne pas remarquer.

Quand Marisol a été couchée, je suis revenue près du poêle. Violette a disposé sur un plateau deux tasses et une théière. « Et ton mari, tu n'en parles presque jamais… On dirait qu'il n'existe pas… » Elle a ajouté « Note bien, tu dis ce que tu veux… », sur un ton qui sous-entendait : « Moi, je n'en pense pas moins… »

L'infusion était brûlante, deux bâtonnets de fenouil flottaient sur la surface. J'ai mis mes mains autour du bol pour les réchauffer, bu par petites gorgées, sans décoller le bord de ma bouche. Les yeux dans la buée, je n'avais pas envie de répondre. Le feu craquait, les bûches s'effondraient dans le foyer. J'ai murmuré :

— Non… C'est vrai… Mais il n'y a rien à dire… Enfin… Jean-Luc… je vous ai tout dit, je crois. C'était comme un faux pas…

— À part Marisol !

Oui. Bien sûr. Ma merveille. Nous avons gardé le silence, Violette se penchait sur son crochet, elle vérifiait ses mailles, ses vieux doigts reprenaient leur vive allure. Puis, sans lever la tête, elle m'a fait tout un discours :

— Quand même… ton père, vous étiez fâchés pour quoi ? Ce n'est pas que je sois curieuse, mais enfin… Moi, je me suis fâchée avec mes parents, ils ne voulaient pas que je marie Léon qui était garçon de ferme. Ils avaient un commerce, une mercerie, en plein bourg de Kerléon, c'est du côté de Landivisiau… Ça marchait, ils s'étaient agrandis… Alors un gars qui n'avait aucun bien… Je me suis mariée quand même ! On est resté deux ans fâchés et à la naissance de ma Marie, ils ont rappliqué pour le baptême et ni vu ni connu, on a fait le repas, tout le monde a chanté… On ne se brouille pas entre parents et enfants… Tu ne crois pas ?

Là, j'ai dit oui, vous avez sans doute raison.

C'est ce soir-là, je crois, que je me suis décidée à raconter.

# 15

Poullic
*Été 1995*

Mon père s'appelait Ferdinand d'Ussel. Tout ce que je m'apprête à rapporter, je le tiens de sa bouche. Il avait été dans sa prime jeunesse, au tout début des années soixante, ce qu'on appelait un « dandy ». Fils de famille, élevé dans un château en Ardèche, il fréquentait les cercles et les rallyes, grand séducteur, un brin cynique, léger, cultivant la superficialité à la mesure de l'oisiveté blasée qui régissait ce monde-là. Tout ça, je l'ai su après. En mai 1968, sa présence au Quartier latin relevait d'abord de cette posture, et aussi du désir de rompre un certain ennui. Après tout, dandy il était, culotté il se devait de paraître. Il fallait en être, car c'était là-bas que l'on se montrait. Il s'est mis à fréquenter les assemblées générales de la Sorbonne, d'abord en veste et en observateur. Il était jeune et joueur, et son sens de sa classe était, je l'ai compris, un peu émoussé par l'effroyable morosité de la vie de château. En bref, le châtelain s'est enflammé pour la cause estudiantine. Il était dandy, il est devenu gauchiste comme on change de costume. Comme il se sentait regardé, il a tombé la veste, porté des jeans et des espadrilles et a prétendu s'appeler Fernand Duciel. On ne l'a pas questionné davantage et ses amours avec une jeune fille du sérail, porte-parole d'un groupuscule, fille d'un réfugié espagnol mort des suites de la torture dans les prisons franquistes, Martí Vilalta, héros républicain, ont achevé l'intégration de Fernand dans les milieux gauchistes.

Après un été à sillonner les routes du sud de la France dans une 2CV surchargée, tout en préparant la révolution d'octobre entre le Festival d'Avignon et les plages du Languedoc-Roussillon, Fernand a emménagé avec cinq autres révolutionnaires dans un grand appartement près du métro Stalingrad que le propriétaire, méfiant, leur avait loué, avec l'assurance qu'on l'occuperait en « bon père de famille », sur la mine rassurante et les manières policées de Fernand, pour l'occasion sorties des oubliettes.

Ils se sont installés à six, trois couples récemment formés et dûment interchangeables, révolution sexuelle obligeait. Pas de meubles, quelques tapis de corde, des matelas par terre, la fac reprit mollement pour les uns, le travail rémunéré tout aussi mollement pour les autres, l'activité militante pour tous ne laissant de temps que pour des discussions idéologiques sans fin, entre faire l'amour et manger des pâtes.

Il y eut des événements collectifs ou privés, à vrai dire la frontière entre les deux était inexistante, des manifestations, des grèves, deux avortements clandestins, une voiture volée (une DS, par Fernand et son copain Francis, avec une lime à ongles), des nuits au poste, des expéditions punitives sur les « fachos ». Maria, qui se faisait appeler Marielle, est tombée enceinte. Maria, ma mère.

Il avait déjà fallu, quelques mois auparavant, se mettre en quête d'un médecin avorteur clandestin qui pratiquait des tarifs prohibitifs ; cette fois le groupe a décidé collectivement de garder l'enfant.

Je suis née le 23 octobre 1969. Ma mère a d'abord voulu m'allaiter, mais elle a eu des crevasses, elle supportait mal de ne pas dormir la nuit, puis d'être bloquée dans un rôle de femme au foyer. C'est sa copine Manuela qui m'a donné le biberon et quand, six mois plus tard, Marielle a quitté Fernand pour partir avec Francis qui voulait monter un cirque ambulant et traverser l'Espagne franquiste pour gagner le Maroc, ma mère m'a abandonnée à Manuela.

***

C'est à ce moment-là que mon père m'a laissée tomber pour la première fois. Fernand a pris la sage décision de me confier à sa mère. Je serais soignée, lavée, éduquée, je dormirais la nuit, mangerais à heures fixes. Il devait me reprendre l'année suivante ou celle d'après.

J'ai passé les cinq premières années de ma vie dans un grand appartement du 16e arrondissement, luxueux et décati, avec bonne et cuisinière. On ne roulait pas sur l'or, mais on allait en vacances au château, l'été, en Ardèche, il y avait des goûters d'enfants tous les jeudis, j'avais des robes à smocks et des chaussures vernies. J'adorais Bonne-Maman. Fernand venait me voir de temps en temps, je trouvais mon papa beau, grand et magnifique. Je ne m'étonnais pas qu'il ne vive pas à la maison, pas plus que de n'avoir pas de maman puisqu'il y avait une « bonne maman ».

Soucieux malgré tout que j'aie des « racines », Fernand a laissé à sa mère le soin de cultiver celles côté Ussel, avec la certitude qu'elle s'en acquitterait avec zèle, mais se fit un devoir d'entretenir ce qu'il fallait de mythe familial du véritable côté maternel, en évoquant régulièrement le grand-père Vilalta, père de ma mère, héros de la guerre d'Espagne, mort pour la cause. Par ce biais, j'entendais parfois parler de ma mère biologique, honnie parce qu'elle était partie sans regarder derrière elle, mais qui portait quand même le nom du héros Martí Vilalta, dont somme toute Fernand était fier qu'il fût mon grand-père. C'est lui qui a tenu à ce que je porte le double patronyme, à l'espagnole, Vilalta d'Ussel.

L'usage que je faisais de ces mères de substitution, mère absente, mais issue de droit divin d'un héros de la révolution, Bonne-Maman empressée et dépassée et pseudo-belles-mères d'occasion, était laissé à ma discrétion, personne autour de moi ne se souciait véritablement d'éclaircir ces questions subsidiaires de filiation. Aussi, le jour où j'ai cessé de communiquer pour me consacrer exclusivement à ma poupée Denise, on ne s'est pas plus alarmé que ça.

Marielle Vilalta a perdu la vie en mai 1975, dans un accident de camion au Maroc. Je ne me souviens de rien, sinon que mon père est venu me reprendre pour vivre avec lui et que j'ai beaucoup pleuré. Je ne voulais pas quitter Bonne-Maman.

***

Mon père m'a récupérée à six ans avec la même inconscience que lorsqu'il m'avait laissée à six mois à sa mère. Il changeait de vie, après des années d'errances de toutes sortes, principalement idéologiques et sentimentales.

Il s'installait enfin dans la vraie vie. Il avait trouvé avec de nouveaux compagnons de route une terre d'élection qui lui permettait d'incarner le juste milieu entre l'ancien propriétaire terrien que son père avait été et le nouveau retour à la terre qui faisait fureur dans ces années-là. Un hameau abandonné, Ceyvas, et quelques dizaines d'hectares de maquis à refaire prospérer. Il avait tout acheté, seul, au nom de la communauté. Par cet acte, il était redevenu Ferdinand d'Ussel, hypothéquant sa part de patrimoine pour acquérir ce lieu sauvage et magnifique en plein cœur des Cévennes. Très vite, les locaux le qualifièrent de « hippie ».

Bonne-Maman m'avait donc « rendue », sans penser que cette restitution tardive pourrait avoir des répercussions psychologiques profondes. À sa décharge, sans imaginer non plus la nature du changement qui s'annonçait pour la petite fille que j'étais, jusqu'alors élevée dans du coton.

Mon père lui avait juste dit : « Nous nous installons à la campagne. » Sa dernière compagne en date s'était mise en frais et Bonne-Maman avait trouvé « très bien » la fiancée avec laquelle Ferdinand se promettait de construire sa petite famille. Elle avait été souffrante, elle se fatiguait vite et, je crois, n'était pas fâchée de ne me voir désormais plus qu'aux vacances, de ne plus avoir à se soucier d'inscriptions, de sport, de goûters ou de catéchisme. Elle avait toutefois émis une petite réserve. « Du coup, elle ira à l'école… publique ? »

J'imagine que Fernand avait émis un « On verra… » évasif. J'imagine aussi que Bonne-Maman avait pensé, avec sa vision approximative du monde, qu'il y avait peut-être dans ce trou perdu une bonne école privée, comme celles qu'avait fréquentées Ferdinand dans son enfance. « On verra… »

Je suis partie avec une petite valise rouge en carton bouilli et ma poupée Denise.

En fait d'école, il n'y avait rien, à Ceyvas. Pas même de toit sur la maison lorsque nous nous sommes installés en ce mois de juin 1975. À la rentrée, il y avait un toit, mais pas de rentrée à proprement parler pour moi qui m'étais pourtant fait une joie d'aller « chez les grands ». Ni d'électricité ni d'eau sur l'évier, ce n'était pas grave, il y avait un puits et une source. Au début, c'était amusant. Fernand s'y employait, il m'emmenait à la rivière pour me laver, dans la 2CV qui brinquebalait, à la coopérative fruitière acheter les cageots de pêches pour la communauté et, une fois, au cinéma en plein air. Aux premiers froids, j'ai commencé à ne plus aimer. Je n'aimais pas être habillée avec des vêtements sales parce qu'il n'y avait pas de machine à laver, je n'aimais pas que tout le monde mange ensemble à la même table, y compris les chiens, je n'aimais pas être lavée toute nue dans une cuvette devant les autres, je n'aimais pas ne pas avoir de chambre à moi, mais seulement un coin séparé par une tenture, d'où j'entendais tout ce que disaient les adultes qui se couchaient très tard, je n'aimais pas que les adultes s'embrassent devant moi.

Petite, j'avais follement aimé mon père, de loin en loin. Parce que ça voulait toujours dire seule à seul. Depuis que nous étions à Ceyvas, il n'y avait plus ni seul ni loin. Nous n'étions plus jamais seuls tous les deux. De près, je l'ai détesté. Je me le disais parfois comme ça exactement, avec la violence des petites filles malheureuses, « Je le déteste, je le déteste… », jusqu'à faire jaillir les larmes, en le voyant être un parmi d'autres dont le comportement et la manière de vivre me hérissaient. « Il est comme les autres, je le déteste. » Et je courais me cacher jusqu'à ce qu'il me cherche, pendant des heures, s'inquiète, me prenne contre lui en me grondant d'avoir disparu. Alors, je l'aimais de nouveau. Il m'appartenait de nouveau.

Le reste du temps, c'était un père en morceaux. Comme le puzzle que je n'arrivais jamais à terminer et dans lequel je finissais par donner un coup de pied. Il dilapidait des morceaux de père : un à Corinne, un à Jean-Louis, un à Catherine, un à Monique, un autre à Marc. Il s'éparpillait, s'offrait à tout le monde.

Ils étaient tous comme ça, d'ailleurs. Jamais de tête-à-tête ni de secrets, rarement de conversation privée. Ce qui était privé était banni de Ceyvas ; les maisons, comme les conversations, comme les amoureux, comme les voitures et les vêtements, et comme les enfants étaient à tout le monde.

Moi, je ne voulais être qu'à mon père et qu'avec lui. Ça cadrait mal avec les principes qui fondaient la communauté. Il y eut des pleurs, Fernand refusait de transiger avec lesdits principes et se refusait à l'exclusivité que j'exigeais au cours de scènes pénibles. J'étais petite, je ne comprenais rien, je souffrais de tout mon être. Je me sentais repoussée et mal-aimée.

Les mois passant, puis une année, puis deux, j'ai fini par m'installer dans une position défensive où aucun adulte n'avait droit de cité. D'ailleurs, personne ne s'y serait risqué tant ma souffrance était perceptible. Bon an mal an, dans cet océan d'enfantillages idéologiques, certains parmi ces pionniers sentaient malgré tout que quelque chose ne collait pas. Entre-temps, ceux-là firent des enfants et, bientôt, je me suis retrouvée à la tête d'une petite horde de bébés qui m'a un peu distraite, mais avec lesquels, au fond, je n'avais rien de plus à faire qu'avec les grands.

# 16

En fait, tout ça a été d'une brutalité inouïe. En arrivant à Ceyvas, je suis passée d'un monde feutré et clos à un monde sans aucune règle ni lois. D'une grand-mère à col de dentelle et souliers vernis qui se faisait appeler « Bonne-Maman » à un couple de parents qui n'en était pas un, à un père que j'avais appris à aimer de loin comme « mon papa » et qui, du jour au lendemain, me demandait de l'appeler par son prénom, me présentait sa nouvelle compagne qui aurait pu être une grande sœur et marchait pieds nus. C'était violent et incompréhensible.

Il fallait être heureux, les adultes l'étaient ou feignaient de l'être, ils le montraient avec ostentation. Encore l'été, on pouvait s'enfuir dans la garrigue et courir après les chèvres, mais l'hiver, c'était sinistre, même si on avait fini par avoir l'électricité et que dans les maisons pendaient maintenant de petites ampoules dénudées diffusant une lumière crue.

Il y avait une sorte de dogme qui persistait contre « les autres », tout ce qui n'était pas Ceyvas et ses habitants, les capitalistes, les épiciers, les garagistes, les chauffeurs d'autocar, les gendarmes, les propriétaires, les cultivateurs, même ceux, parents ou proches qui s'aventuraient à descendre de Paris pour se payer une tranche de vie sauvage. Les autres, eux, se fourvoyaient, vivaient « une vie de cons ». Je ne comprenais rien à tout ça, moi, au contraire, j'aimais bien quand d'autres gens venaient, ceux qui avaient « une vie de cons ». Ceux qui vivaient en famille avaient des horaires, un travail, des chambres à eux, des interdits, des dimanches et des jours de semaine, des vêtements de tous les jours et des tenues habillées. Tant qu'ils étaient là, le quotidien avait une saveur de normalité. Je les voyais repartir avec tristesse, suivant des yeux la voiture jusqu'au tournant du chemin, attendant la disparition du nuage de poussière. Je revenais en traînassant, donnant des coups de pied dans les cailloux.

Il y avait autre chose, qui nimberait plus tard mon enfance à Ceyvas d'une obscure terreur. Les adultes se dévêtaient sans pudeur, ils avaient, nus, des gestes tendres entre eux, ils ne se gênaient pas en ma présence. J'étais horrifiée et terrifiée. Je redoutais confusément de surprendre un jour Fernand dans une situation qui m'aurait obligée, je le savais, à partir pour toujours au bout du monde. Je me demandais parfois où j'irais quand ça se passerait, cette chose terrible qui allait fatalement arriver puisque mon père était comme les autres, à changer de partenaire, à faire les yeux doux aux femmes, à les toucher, à n'avoir pas honte de se montrer nu.

À Ceyvas, on ne parlait pas d'amour parce que c'était bourgeois, mais on parlait beaucoup de le faire, c'était dans l'air du temps. Ça donnait à la chose un sens trivial, facile, qui la rendait d'autant plus inquiétante qu'il suffisait d'un geste, d'un sourire, d'une nudité pour glisser du mot à la chose. Les adultes le faisaient avec un grand naturel et sans aucune pudeur. Parfois, leurs gestes ne semblaient pas si différents entre eux qu'avec les plus petits. Je le sentais, j'avais pris l'habitude de me reculer quand on s'approchait de moi ou de vite me sauver lorsqu'on me manifestait de la gentillesse. Je redoutais les premiers beaux jours, quand la montée de sève était le signal d'une sorte de laisser-aller général qui favorisait les étreintes en plein champ ou fenêtres grandes ouvertes.

J'avais pris en détestation ces couples qui se faisaient et se défaisaient sous mes yeux d'enfant. C'était aussi ça, ce sentiment d'être anormale dans mon rejet, qui me faisait me situer hors du monde des enfants. Les enfants, c'étaient les autres, les minuscules, nés depuis l'installation de la communauté. Ils étaient sept en tout, entre trois mois et deux ans, ils ne comprenaient rien parce qu'ils étaient trop petits, que certains d'entre eux avaient au moins deux papas et parfois deux mamans qu'ils appelaient Françoise ou Monique ou Jacqueline et non papa et maman, et surtout qu'ils n'avaient jamais connu rien d'autre.

La honte que j'éprouvais alors, je ne pouvais pas la partager avec qui que ce soit. Surtout pas les adultes puisque, ils le disaient eux-mêmes, la nudité et l'amour, il n'y avait pas plus de mal à cela qu'à regarder les abeilles et les fleurs. C'étaient les autres, les culs-serrés, les mal-pensants, qui en avaient peur. Je ne comprenais rien à ce credo, si ce n'est que je n'avais d'autre moyen de survivre que de m'en extraire.

En vivant à la campagne, j'avais appris à ouvrir les yeux. Peu à peu, j'ai appris à les fermer et, comme le plongeur, à les garder ouverts même sous l'eau, sans vraiment voir. C'est à ce moment-là que j'ai cessé de parler.

# 17

Maison centrale de Poissy
*Novembre 1994*

*Elle a rapporté Spinoza, l'a tout de suite sorti de son sac et le lui a tendu sans un mot.*

*Il a un petit geste du menton. « Alors ? » Elle hoche négativement la tête en haussant une seule épaule et il dit : « Ce n'est pas grave, je vais vous dire, moi, ce qu'il y a dedans. Il écrit que la liberté, elle est en nous, dans une certaine façon d'amadouer le temps. Quand vous êtes là, mon temps est à vous. J'aimerais vous amadouer, mais ce n'est pas gagné ! »*

*Et il part d'un grand éclat de rire. Elle, les larmes lui montent brusquement aux yeux.*

*C'est comme ça que ça a commencé en fait. La philo, le passé, le présent. Et ce jour-là, son regard sur elle. Aujourd'hui, où ses yeux se sont mis à briller d'un coup, une taie transparente, où pour la deuxième fois il a eu peur qu'elle s'enfuie, il choisit de parler de lui.*

*Pas de ce qui l'a amené en prison, ça il n'en parle jamais, mais d'avant, de son passé, comme il dit. Avant, c'est un film, on peut le montrer, ça ne lui appartient plus. Le présent, c'est à lui, il n'y a rien à dire. C'est la prison. Il dit qu'il y a grandi et presque tout appris. Elle n'est pas sûre de comprendre, elle ne le connaît pas assez, alors elle dit oui, parlez- moi de votre passé. Et elle a un tout petit pincement à l'idée qu'il ne veuille pas être du présent, qui est le seul temps qu'ils partagent.*

*Louis remonte très loin, au grand-père paternel savoyard, Raoul Lemaître, propriétaire d'une belle scierie sur la commune de Frontenex, respecté dans tout le pays. Un jour, il est accusé d'un meurtre qu'il n'a pas commis, traîné en justice, condamné au bagne où il meurt deux ans plus tard. Une vieille rivalité qui s'est rallumée entre deux familles, les Lemaître et les Toicelade, autour de la scierie. La justice a suivi son cours, enquête rapide, condamnation aux travaux forcés. Ça se passe en 1923, Narcisse Lemaître, le fils, a onze ans. C'est le père de Louis. « Erreur judiciaire », c'est ce qui se murmure dans le camp Lemaître, personne n'a jamais pu prouver le meurtre. À partir de là, toute une famille qui bascule, la mère meurt de chagrin. En grandissant, le fils devient un réprouvé, il doit quitter le pays. La scierie est vendue à la chandelle, presque rien, parce que tout le monde veut faire une affaire et personne ne veut donner pour « la famille de l'assassin ». Narcisse Lemaître qui s'enfuit, littéralement, un jour de l'année 1930, après que son fenil a été incendié et son chien tué, il met la clé sous la porte à la nuit tombée, avec son petit pécule, une valise et sa fiancée terrorisée. Il a dix-huit ans.*

*— Mes parents sont arrivés dans une petite ville du Nord, Hénin-Liétard, en pays minier, parce que c'était loin de la Savoie et qu'on y embauchait pour la mine, des hommes jeunes et forts. Narcisse était encore les deux, bien que déjà un peu tassé,*

*oh !, cela se voyait à peine, quelque chose dans le port de la tête, à cause de la blessure morale, c'était un banni. Vous imaginez, Isabel, ces deux gamins, ils ont à peine vingt ans, ils viennent d'un pays hostile, ils arrivent dans un autre pays hostile. Chassés d'une région pour atterrir dans une autre où ils ne sont pas les bienvenus et on le leur fait sentir. C'est difficile à imaginer, ces vies, quand on s'appelle Isabel Vilalta d'Ussel, hein ? dit-il en articulant chaque syllabe avec une pointe d'ironie.*

*Et aussitôt, il lui sourit, pour contrecarrer la petite pique. Beau sourire ouvert, dents incroyablement blanches.*

*— Lui, Narcisse, mon père, trouve du travail tout de suite, à la mine. Il est noir du matin au soir. Au début, au sens propre… Enfin « propre »… C'est-à-dire par la poussière de charbon…*

*Louis sourit.*

*— Très vite, ça devient au sens figuré. La mine, il supporte pas. Alors il boit… Mon père n'aimait pas travailler. J'ai hérité de lui… Pendant ce temps, ma mère trime à la filature. Dix heures par jour, six jours sur sept. Hénin-Liétard a beau être loin de la Savoie, les mauvaises langues se fichent des distances et il s'en trouve une qui, un beau jour, rapplique dans le Nord et déballe toute l'histoire au café du coin. Narcisse n'a ni la force ni l'intelligence de résister aux calomnies, il cogne, se fait tabasser, boit encore plus pour se donner du courage, recogne, reboit. Ils sont logés dans le coron, c'est la mine qui paie, des bicoques insalubres, minuscules, pas de toilettes, rien. Ils gagnent une misère. Lui, au bout de deux ans, il est limogé, pas assez travailleur, trop buveur, trop bagarreur. Heureusement, c'est la guerre, on ne pense pas à les mettre dehors. Les gens se mettent à parler d'autre chose, l'affaire Lemaître et Narcisse se fait oublier, ou plutôt on l'abandonne à sa déchéance annoncée qui doit leur paraître, à tous ces braves gens, un juste retour du destin. Lui, « le fils de l'assassin »… Les ordures. Ce sont eux qui*

*l'ont achevé. Je n'ai pas de compassion pour mon père, mais j'ai de la haine pour ceux qui l'ont enfoncé du talon comme l'ont fait ceux de Hénin… Ensuite, les crises de démence, l'hôpital psychiatrique, la rue, la cirrhose. Fin de Narcisse Lemaître.*

*Louis s'arrête, les mains jointes entre ses genoux, il fixe le sol en silence tout en hochant la tête comme s'il poursuivait son récit intérieurement. Elle dit :*

*— Et là, vous êtes déjà né…*

*— Moi, je suis de 47… Ma sœur Aline est née au tout début de la guerre… Marcelle, ma mère, s'accroche à la filature… Je ne sais pas comment elle a traversé cet enfer…*

*Il parle de lui, c'est la première fois et soudain Isabel se sent précieuse. L'intimité s'est glissée, infiltrée, imposée sans qu'on sache comment ni par où, dont elle jouit secrètement, sans même imaginer qu'il en est heureux, lui aussi.*

*Ensuite, sans crier gare, il y a le bruit métallique, incongru de la clef dans la serrure et la sonnaille du lourd trousseau. Le maton ouvre : « C'est bon, Lemaître, c'est terminé ! »*

*Louis se lève, il l'embrasse, maintenant, sur les deux joues, il la serre contre lui en mettant sa main sur son omoplate et elle tressaille sous la large paume.*

## 18

Six ans. Ça n'a pas duré davantage. Six années qui m'ont paru sans fin. À cet âge, l'ennui et la tristesse pèsent l'éternité. Et quand l'éternité se double du silence, on peut perdre pied.

À onze ans, j'ai supplié Fernand de m'envoyer à l'internat d'Alès. Les études n'étaient pas au programme de Ceyvas, du moins pas sous cette forme convenue, mais j'ai finalement eu gain de cause. Fernand était occupé par de nouvelles amours, je pense qu'il a été plutôt soulagé de mon départ. Il a dû penser que cette mise à l'écart serait bénéfique pour tout le monde. Ce le fut pour moi. Je m'y suis fait une amie.

Claire est devenue pour moi l'être unique sans lequel le monde est vide et je suis devenue pour Claire sa moitié. Ou son double. Claire la blondeur vaporeuse et bouclée, moi la brune, aux cheveux drus. Parfois, Claire me demandait de lui repasser les cheveux au fer, pour les avoir lisses comme moi, et je le faisais. Nous nous étions connues en cinquième, depuis nous ne nous quittions pas.

On se serrait l'une contre l'autre devant les miroirs pour faire tenir nos deux reflets dans la glace, on a fait des dizaines de photomatons à deux ; à quinze ans, on s'est fait le même tatouage en décalcomanie, une rose joufflue avec un cœur à l'intérieur duquel était écrit *Love*, sur la hanche gauche. Au collège, on nous appelait « les jumelles » ou « Philippines ». Cette année-là, on a mêlé nos sangs en s'entaillant le poignet et en collant les lèvres de nos blessures les unes contre les autres. On a décidé que, plus tard, on aurait nos enfants en même temps, qu'on vivrait dans la même ville et qu'on les élèverait ensemble comme des frères et sœurs.

Au retour de l'internat, j'ai retrouvé mon père, dans une relation non tant apaisée qu'acceptée. En même temps que retrouvées et plus ou moins acceptées, les pratiques endogames de la communauté, moins teintées d'ardeur militante que par le passé, mais toujours d'actualité, avec lesquelles je gardais une distance farouche.

J'ai grandi, j'ai dû devenir un peu plus jolie, un peu moins sauvage. Je me souviens d'un jour où, en visite à Ceyvas pendant les vacances, j'ai senti que Fernand me découvrait avec plaisir. Il me l'a dit comme ça, avec simplicité : « J'ai l'impression de rencontrer ma fille pour la première fois. » Ça m'a touchée, et réconciliée avec lui. J'avais seize ans.

Claire, elle, était fascinée par ce qui lui apparaissait comme la liberté dont elle avait toujours été privée par des parents cultivateurs, conservateurs et étroits d'esprit, travaillant dur et ne concevant pas d'autre vie pour leurs enfants. Ni son milieu d'origine, des paysans, comme elle disait avec un léger mépris, ni la pension n'avaient prédisposé Claire à imaginer que le mot « liberté » pouvait être appliqué à autre chose qu'à une abstraction, une sorte de grande idée, en aucun cas à la vie courante. Elle n'y avait jamais réfléchi, et tout à coup, la chose s'imposait.

Cet été de retrouvailles, Fernand a voulu le marquer d'une pierre blanche. Il a proposé de nous emmener toutes les deux au bord de la mer, à l'hôtel. C'était là un acte de grande portée. Fernand avait un double handicap quand il s'agissait de l'idée même de vacances : ses origines aristocratiques ne les lui avaient jamais fait concevoir, jusqu'à Mai 68, que comme une distraction de « congés payés », par la suite son virage gauchiste avait connoté la chose de manière tout aussi déplaisante, un « loisir de bourgeois ». Mais il avait deviné que le seul geste susceptible de me faire plaisir était celui qui nous sortirait ensemble de Ceyvas.

L'effet escompté fut au rendez-vous et ces vacances à trois furent une nouveauté et un délice pour Fernand comme pour Claire et moi.

# 19

Maison centrale de Poissy
*Décembre 1994*

*Elle demande si ça va et il regarde ses yeux largement ouverts qui lui donnent cet air éternellement surpris – ce qui fait parfois craindre qu'elle ne s'envole.*

*— Comme toujours… Quand je dors bien et que je n'ai pas de mauvaises pensées, ça va. J'essaie de me faire mon petit quotidien. C'est ça que la prison nous enlève. Il faut se protéger. Les horaires, les interdits, la promiscuité…*

*Il a ce rire bref que je commence à connaître.*

*— Quand nous étions en cellule à deux, je me suis fait plusieurs fois envoyer en quartier disciplinaire pour avoir la paix ! Maintenant, je suis seul. Il faut se refabriquer une vie à soi, dans la cellule. D'où les livres, la philo… Mais je vous ai déjà raconté… Vous, maintenant, dites-moi : pourquoi la prison ? Pourquoi un détenu ?*

*Elle a une drôle d'expression entre sourire et gêne, lèvres serrées, brusque fossette du côté gauche. Il insiste.*

*— J'aimerais comprendre – j'ai le droit quand même ! – pourquoi une personne jeune, une jolie jeune femme, cherche-t-elle la compagnie d'un taulard ? Entrer volontairement dans cet univers glauque, c'est quand même spécial…*

*Elle se sent prise au piège, impression bizarre d'être « démasquée ». Mot précis comme dans les rêves.*

*— Bon… Vous voulez pas me dire ?*

*— En fait… Suis pas sûre de pouvoir.*

*— On peut essayer…*

*Sa voix à lui, ample, généreuse. Elle hésite :*

*— C'est difficile… J'aurais pu essayer… Avant… dans une lettre… Là, avec la présence…*

*Il dit doucement :*

*— Vous savez, on peut aussi s'écrire dans la présence. Ici, on peut tout inventer.*

*Il sort de sa poche un carnet à spirales, un stylo-bille bleu, pose le tout sur la tablette.*

*— Je vous propose ceci : quand vous n'avez pas envie de parler, vous écrivez. Moi aussi, si cela me prend…*

*Il recule sa chaise, s'absorbe dans un cahier de mots croisés. Elle trace une phrase, lentement, un mot poussant l'autre :*

Je ne sais pas vraiment. J'ai peur de vous choquer.

*Lui, il dit à voix haute :*

*— Rien ne peut me choquer.*

*Il répète : « rien ».*

*Elle réfléchit, regard intense et perdu, le bout du stylo-bille entre ses dents, et elle écrit :* Tout paraît tellement lourd et terrible ici qu'on ne peut pas se mentir, n'est-ce pas ?

*Elle tourne le carnet vers lui, il fait non de la tête, longuement non.*

*— Non, c'est vrai, il dit, on ne peut pas. Pas nous, en tout cas, pas vous et moi…*

*Elle écrit, très vite maintenant :*

J'ai toujours l'impression de mentir à tout le monde. D'être une tricheuse. C'est pour ça que je n'arrive pas à parler dès que je sens quelqu'un de vrai en face de moi. Vous, par exemple.

*Elle lui tend sa feuille sans un mot. Il commente, à voix haute :*

— *Vous aussi, vous êtes très vraie…*

*Isabel écrit qu'elle n'est vraie que sur le papier, que la présence physique la désarçonne, qu'elle se sent disparaître. Elle écrit bien, Louis l'avait déjà noté dans ses lettres, c'est même ce qui lui a plu Même quand elle écrit vite, elle choisit ses mots, peaufine ses tournures de phrases et ses accords de temps. Cette manière est tellement en contradiction avec celle, abrupte et hésitante, de s'exprimer qu'on a du mal à croire que c'est la même personne. Aujourd'hui, Louis le lui fait remarquer et elle dit non, il n'y a pas de contradiction, elle l'écrit sur le carnet.* J'écris pour ne pas avoir à parler, parce que cela je le fais mal, je dis n'importe quoi, je ne me fais pas comprendre, je dis tout de travers, *elle lève vers lui des yeux interrogateurs. Il dit oui, bien sûr, parler vous brûle, je l'ai vu tout de suite, aussi je ne vous ai jamais forcée, vous en convenez. Elle en convient et écrit que les lettres de Louis aussi étaient magnifiques, qu'elle a tant aimé les lire, qu'elle aimerait bien encore en recevoir, mais que maintenant ce n'est plus le temps des lettres, c'est dommage.*

*À un moment, il suggère :*

— *On devrait écrire un livre, tous les deux.*

*Elle hoche la tête, grave. Elle réfléchit. Il demande :*

— *À votre avis, il parlerait de quoi, notre livre ?*

*Elle réfléchit encore, le menton dans sa main, puis elle écrit :* De la rencontre de deux solitudes. Comment ça fait.

*Silence dans le parloir.*

*Il dit :*

*— Deux solitudes, normalement, ça ne se rencontre jamais, c'est comme les lignes parallèles, ça se rencontre seulement à l'infini.*

*Elle murmure :*

*— Oui, ça fait ça, l'infini… C'est ça qu'on écrirait.*

*Et puis elle écrit :* C'est pour ça les livres, les lignes parallèles des livres qu'on lit en silence. Quand on est deux solitudes, il y a une troisième personne, c'est le silence. On écrirait des trucs comme ça.

*— Ça ne se vendrait pas, notre bouquin, ce serait trop chiant, dit-il.*

*— On s'en foutrait, elle marmonne.*

*Et lui, il rit.*

## 20

Poullic
*Été 1995*

Ici, je suis bien. À Poullic, j'ai découvert la vie de tous les jours. C'est pour ça que j'y reviens, même si aujourd'hui tout a changé. « La vie de tous les jours », ça fait comme si avant il n'y avait pas eu de vie, et pas de jours non plus. Sauf celui de la naissance de Marisol. Celui-là, ô celui-là. Mais c'était la nuit.

À Poullic, quelque chose s'est installé, presque dès notre arrivée. Le souffle de l'océan quand on approche de la pointe, la marée qui va et vient. Quelque chose de régulier, qui roule. Le matin, je conduisais Marisol à l'école, ensuite, j'allais à la bibliothèque municipale où Violette m'avait trouvé ce boulot. Je faisais aussi des fiches alphabétiques pour classer les livres par auteur et par genre. Violette était là, parfois, dans un coin de bureau aux parois de verre. Le vendredi, elle s'occupe de l'accueil à la bibliothèque et elle fait de l'administration, des papiers, des tampons, tout ça, elle est conseillère municipale, aussi. On prenait un café à la machine, je fumais une cigarette, on causait un peu.

L'emploi à la bibliothèque, c'était l'idée de Violette. Ça l'inquiétait que je ne fasse rien de mes journées, que dessiner sur la lande. Ça la dépassait carrément. Au début, j'avais accepté presque pour lui faire plaisir, mais c'était une bonne idée, ce travail. Ça m'a plu. Première fiche de paie de ma vie. Et puis la rassurante routine. La vie de tous les jours. Des mots qui donnent envie de s'étirer comme un chat et de ronronner.

À 11 h 30, j'allais chercher ma petite à l'école et lui préparais son déjeuner. À Lyon, il y avait une jeune fille pour ça, Jean-Luc y tenait, je n'avais que la fac et les deux après-midi de cours de dessin qui étaient ma respiration. Il y avait aussi une femme de ménage. La jeune fille faisait dîner Marisol et la mettait en pyjama, le soir on recevait des amis de Jean-Luc. Je n'ai jamais osé inviter mes connaissances de la fac. Ou bien on sortait, on allait au cinéma. Lui, il aimait les films policiers, je ne comprenais jamais l'intrigue, je décrochais, mais j'aimais être dans le noir, toute seule, avec lui quand même à côté. Deux heures passaient. Pendant la séance, il me prenait la main. Ça ne me manque pas. Nourrir ma fille, faire les courses au petit Casino ou au marché du vendredi, apprendre à faire une blanquette de veau, de la pâte à crêpes ou une tarte, c'était aussi important que le grand air de la mer, les cris des mouettes et la bruyère mouillée qui fouette les mollets. Je n'y avais pas pensé avant, dans ce train de novembre 1994 qui filait droit vers l'océan. On aurait dit que la vie nous avait rattrapées, Marisol et moi, comme une gifle de vent et, c'est vrai, ce fut une surprise, je peux dire, une surprise simple et magnifique.

L'après-midi, Marisol était de nouveau à l'école où elle s'était fait des amis et, quand il ne pleuvait pas, je sortais avec le carnet à dessin, je m'asseyais toujours sur le même rocher, vers le chemin des douaniers. J'aimais dessiner les amas de granit qui ressemblent à des bêtes, le phare sur lequel les lames se brisent, le col blanc de l'écume, les albatros qui planent dans les courants. Je pensais : « Je fabrique une vie », oui, parfois cette idée me faisait monter des bouffées de fierté. Parfois, je me le disais tout haut pour voir comment ça faisait, « Je suis heureuse », ces mots, qui marchent pour tout le monde. On dirait que c'est quelqu'un d'autre qui les dit, parce que justement ils désignent un état, une permanence, alors que moi j'étais, je suis encore une voyageuse égarée.

Ça a duré comme ça tout le premier hiver et le début du printemps. Poullic était ma première véritable maison. Avec Violette, je découvrais la gentillesse, le quotidien innocent et affectueux, la vie avec ma petite, j'avais un emploi, un salaire avec le brut et le net, je ne savais même pas ce que c'était avant. J'ai beaucoup dessiné toute cette année-là.

Et puis, au début de l'été dernier, c'est revenu. L'oppression, le désir de fuir. L'impression d'étau dans la poitrine, d'enfermement. J'avais presque oublié. Ça s'est passé un matin, je n'ai rien vu venir. Juste ça : après avoir conduit Marisol à l'école, je me suis recouchée. Je ne suis pas allée travailler, je ne sais pas ce qui m'a pris. J'ai attendu que Violette soit partie en courses pour me relever. Je suis sortie, le ciel était bas et sombre comme un intérieur d'église. Je suis allée à la pointe. J'ai marché sur le sentier qui contourne les escarpements rocheux en boucles serrées sur la lande. Pierraille dense, roulis sous les pas, pointes tranchantes. Le soleil a fini par traverser les nuages.

J'avais les mollets en sang à cause des ajoncs et des cailloux. Des larmes de vent salé sur les joues. Je me suis souvenue de ce jour où Marisol avait dit : « Tu pleures, maman, c'est mouillé. » C'était vrai. Ce jour-là aussi, c'était mouillé.

Plus bas, l'océan rugissait dans les gouffres. Je me suis rappelé le premier vers d'un poème de Baudelaire, surgi de je ne sais plus quel souvenir d'école. *Homme libre, toujours tu chériras la mer.* Les mots butaient contre mon front, ça faisait mal, les mots « homme libre » sonnaient faux tellement j'avais le ventre noué. Dire ça devant cette mer. J'ai pensé à cet autre jour où j'avais dit ces autres mots qui sonnaient faux aussi, ces mots de pardon que je ne pensais pas, assise sur la chaise de l'hôpital, devant cet homme sans vie. Mon père.

Le jour où j'avais menti à un mort.

La mer est un mur, l'horizon un gouffre, le ciel est fermé comme un cercueil.

Sur ce chemin de ronde, qui ne fait aucune ronde mais contourne seulement la pointe – si on continue on peut se perdre –, des pensées m'ont traversée. Des pensées qui n'en étaient même pas. Des petits geysers, minuscules et énervés. Me délivrer de moi-même. Aller jusqu'au bout, au-delà du bout. Au-delà du hérissement de rochers, du cercle de l'écume. Aller dans l'océan, comme Crin-Blanc et le gitan Folco, à la fin de l'histoire. C'est ce que j'ai pensé. Mettre une fin à l'histoire, puisque jusqu'alors l'histoire s'était faite sans moi.

C'était un matin d'été. Je suis brutalement retombée dans un gouffre. Nous étions déjà si proches, avec Violette, que ce jour-là j'ai dû lui raconter. Ce qui s'était passé avec mon père.

# 21

C'était il y a huit ans. Une histoire glauque, comme on en lit dans les magazines. Une histoire triste. Une erreur de vie dont la catastrophe s'amplifie avec le temps, comme une sinistre galerie des glaces.

J'avais dix-huit ans. Après, je n'ai jamais voulu revoir mon père. Au début, ça a été définitif comme une porte claquée. Sec et violent. Page tournée, autre horizon, pas de regrets. Juste la sensation parfois, une petite crampe, que « tourner le dos à sa vie », c'est comme un mot pour un autre. Un lapsus.

Quand j'étais revenue de l'internat, Fernand avait loué une petite maison au village. Il disait que c'était pour y faire de la peinture, je crois qu'il était las de la vie communautaire. Il y passait désormais le plus clair de son temps, remontant à Ceyvas une ou deux fois la semaine.

L'année précédente, Claire et moi avions eu notre baccalauréat, puis les miraculeuses vacances à la mer avec lui. Nous avions ensuite passé l'été à ramasser des abricots chez les parents de Claire qui possédaient une exploitation agricole près d'Uzès, et les mois d'hiver et de printemps à traîner en fac de lettres à Montpellier avec de vagues petits amis que nous ne gardions pas s'ils déplaisaient à l'autre. Il y eut un autre été de liberté et d'insouciance, avec des errances en auto-stop jusqu'au Portugal, des aventures joyeuses dont l'évocation a occupé encore cette deuxième rentrée à la fac.

Au sortir de cette adolescence avec Claire, j'avais beaucoup changé. J'avais gagné en l'assurance et en confiance en moi. La dyslexie et la fermeture aux autres étaient en passe de devenir un lointain souvenir. Claire m'avait ouverte au monde. J'avais même obtenu le fameux brevet d'animation et d'encadrement pour les vacances d'enfants. Sésame d'une première liberté, bonheur fou fêté ensemble, chez Fernand, un soir d'octobre.

Nous partagions alors un deux-pièces en centre-ville, loué par Fernand, les parents de Claire n'avaient pas voulu entendre parler d'une location, estimant qu'elle pouvait aussi bien rallier Montpellier en autocar. Fernand n'avait pas discuté, il payait le loyer et s'autorisait de petites escapades en ville, heureux de se retrouver dans une vie bruyante et animée, entouré de jeunes gens qui sans nul doute, outre leur énergie communicative, avaient le mérite d'adoucir l'affreuse sensation de vieillissement qui s'était abattu sur lui depuis que sa dernière compagne l'avait quitté. Durant ces brèves incursions, il se montrait joyeux et généreux, invitant souvent tout le monde au restaurant. Dans notre entourage, on s'était passé le mot et c'étaient de grandes tablées qui se retrouvaient à manger des brochettes et à boire du rosé à ses frais. Il s'offrait quant à lui une cure de jouvence.

En octobre, c'était mon anniversaire. Fernand avait annoncé sa venue et réservé dans un restaurant à nappe blanche et triple rangée de verres. Une table pour trois, avait-il précisé. J'avais été un peu froissée de ce « pour trois » et non d'un tête-à-tête qu'une certaine maturité étant venue, j'aurais maintenant préféré. Jalousie primaire, m'étais-je dit. Vieux réflexe d'appropriation à ranger au placard.

Nous avons dîné à Sète, dans un restaurant de poissons avec vue sur la mer, Fernand a chanté du Brassens après avoir levé son verre « à Isabel qui a dix-huit ans et à Claire qui n'a jamais mangé d'huîtres ». Nous avons bu, beaucoup trop, mais Fernand était en grande forme et ce soir-là il nous a fait mourir de rire.

L'hiver est arrivé et d'un coup, ce ciel de douceur de vivre a changé de couleur. Après les vacances de février, Claire est devenue étrange. Distante, fuyante. Presque du jour au lendemain, elle s'est métamorphosée. Une autre. Fermée, secrète, dissimulatrice. J'en souffrais, sans parvenir à briser cette incompréhensible muraille de verre qui s'était dressée entre nous. Cela a duré quelques interminables semaines. Jusqu'à ce 21 juin.

C'est le premier jour de l'été. La veille, Claire est partie chez ses parents pour les vacances. De mon côté, je vais animer un camp de vacances en Savoie. Dans le car pour Nîmes, en consultant mon dossier de voyage, je me rends compte que je me suis trompée d'un jour. Alès, où réside Fernand, est plus près de Nîmes que Montpellier, et je décide d'aller y passer la nuit. J'arrive épuisée à Alès à 22 heures, je parcours à pied les quelques kilomètres qui séparent la gare routière de chez mon père, j'escalade le muret du jardin pour être plus vite chez moi.

Il ne fait pas encore tout à fait nuit, la chaleur est épaisse, collante. La maison est plongée dans l'obscurité et j'en éprouve du dépit. Contrariée par l'ajournement de mon voyage, j'aurais aimé être accueillie. À l'intérieur, le silence règne. Je me laisse tomber dans le vieux fauteuil de cuir qui fait face à la cheminée et reste là un moment. Le silence est oppressant, je me dis que Fernand est sorti dîner chez Jean-Louis, le voisin, qu'il aurait quand même dû fermer la porte à clef.

La nuit est tout à fait tombée. Je me lève, me dirige vers ma chambre. Je n'allume pas, il y a une magie dans ce silence et dans ce noir, dans ma présence ici qui ne devrait pas être. Je connais chaque recoin de la maison, l'emplacement de chaque chose, l'angle du tapis de corde qui roulotte, le bord de la table à éviter, la porte du couloir qui grince, le buffet qu'il ne faut pas heurter, car il tient sur une cale.

Je m'engage dans le couloir. Soudain, je m'immobilise. Une porte s'est entrouverte. Celle de la chambre de Fernand. Une forme blanche en sort, se dirige sans me voir vers la salle de bains. Une femme. Nue. Claire.

Plus tard, c'est l'histoire de la femme en fuite. Courir sans fin.

La chaise renversée, les pierres du chemin, l'espadrille perdue, le pied droit entaillé par un caillou, les mollets griffés, le talus, le fossé, la route, l'asphalte encore tiède, les phares des voitures, celle qui s'arrête. « Je peux vous conduire à Alès… » Femme ou homme, je ne sais pas, les larmes brouillent comme une bruine. Nuit, bruine, brouillard, larmes. « Alès, oui, je vais à Nîmes. » Larmes encore, j'essuie discrètement, je me reprends sitôt la portière claquée.

— Ce n'est pas grave, si vous me laissez au rond-point, je trouverai une voiture.

C'est une femme.

— Il n'y a plus de car à cette heure, je ne vais pas vous laisser dans la nuit, une femme seule…

Elle m'a conduite jusqu'à Nîmes.

— Non, ne me remerciez pas, qu'est-ce que c'est, une demi-heure… Il y a des Kleenex dans la boîte à gants.

Nîmes, Hôtel des Voyageurs. Nuit courte et sans sommeil. Premier train pour Lyon à 6 h 21.

À Lyon, je me suis réfugiée chez Jean-Luc, un étudiant en droit rencontré l'année passée et repoussé avec force sarcasmes. « Trop maigre », avait dit Claire. « Trop bête ! » avais-je renchéri. De concert, nous l'avions catalogué : ennuyeux à mourir ! Mais c'est lui que j'ai appelé de la cabine téléphonique de Lyon-Part-Dieu et quand il a décroché, j'ai été si soulagée que j'ai fondu en larmes sur le combiné. Il est venu me chercher, a mis sa chambre à ma disposition. « Reste tout le temps que tu veux, en attendant que tu trouves, enfin que tu décides ce que tu vas faire. Je m'installe sur le canapé. »

Il n'a pas posé de question, j'en ai été à la fois surprise, agacée et soulagée.

Au bout de quelques jours, je me suis sentie obligée de le dire. « Mon père et Claire, ma meilleure amie… » Il a été horrifié et je me suis sentie confortée dans l'horreur de l'événement. Quelques jours plus tard, il réintégrait sa chambre et partageait mon lit. En mars, il m'a présentée à ses parents. L'hiver suivant, nous nous sommes mariés.

La police a débarqué dans les premiers jours qui ont suivi notre mariage. Mon père s'inquiétait, il y avait un « avis de recherche dans l'intérêt des familles ». J'ai ricané. Jean-Luc a mis son bras autour de mes épaules, comme pour signifier qu'il était là, que ma famille, c'était lui. Je me suis serrée contre lui. Les policiers sont restés sur le pas de la porte, m'ont informée que bien sûr, j'étais majeure, mais m'ont conseillé de donner de mes nouvelles.

Je l'ai fait, dans une courte carte. *Je vais bien. Je sais tout. Ne cherchez jamais à me revoir.*

Ensuite, Marisol, très vite après le mariage. Le prénom espagnol qui ancre dans la filiation d'une mère pourtant jamais connue.

La toute petite qui m'a fait découvrir la joie.

# 22

Poullic
*Été 1995*

En juin de l'année dernière, au bout de quelques mois d'une correspondance à flux tendu, c'est moi qui le lui ai demandé. J'ai écrit à Louis : *Je n'ai de vrai désir que de fuir. Cela m'a poursuivie toute ma vie. Le premier obstacle qui m'a vraiment arrêtée, je l'avais choisi, c'était l'océan. Je croyais que c'était le bout du monde. Le deuxième, je ne l'avais pas imaginé, c'était la découverte de l'amitié, Violette, chez qui je vis aujourd'hui. Je n'aurais jamais pensé qu'il s'en trouve encore un, mais cette fois-ci, ce n'est pas un obstacle, c'est un but. Ne me demandez pas pourquoi. J'aimerais vous rencontrer. L'acceptez-vous ?*

J'ai attendu la réponse avec anxiété. Elle est arrivée le 21 juillet 1994 :

*Chère Aura,*

*Surtout, ne vous faites pas des idées. Je ne suis pas Robin des Bois, un bandit au grand cœur. Je suis un grand con, un affreux. Un braqueur de banques. La prison, c'est un tel non-lieu/non-temps, qu'on est obligé de s'enfermer en soi-même, en plus des murs, en plus des matons et des barreaux, pour ne pas devenir le mollusque, l'être décérébré qui mettrait la société définitivement à l'abri de nos sales pattes. La double peine, on est obligé de se l'infliger à soi-même. C'est le prix de la liberté. Mais il y en a un autre, que je ne veux surtout pas vous cacher : je suis devenu dur. Insensible. Au départ, je ne l'étais pas, oh non ! Pour autant que je me souvienne, j'étais même un gamin timide. J'ai tourné voyou, c'est ainsi. Je ne suis pas devenu « un dur », ça non, au sens de macho. Mais dur, oui. Impossible de vivre autrement, ici.*

*Vous êtes jeune. Et le drame de la jeunesse, c'est qu'elle n'a pas de passé, ou si peu. Seulement un immense avenir devant, qui n'a encore aucun sens, ni le mot ni la chose. C'est très angoissant, je ne sais pas comment vous vous en sortez. Pas trop bien, à ce que je devine. Je me suis affairé très jeune à me faire un passé. C'est ce qui nous distingue, vous et moi.*

*Viendrez-vous cependant me voir, Mademoiselle au grand cœur ?*

*L.L.*

J'ai attendu d'avoir fait ma demande à l'administration pénitentiaire pour lui écrire en retour.

*Ce n'est pas facile parce que j'habite le Finistère, je dois confier ma petite fille à une amie. J'attends le permis de visite qui devrait arriver d'un jour à l'autre, dès que je le reçois, je vous donne la date de ma venue. La conclusion de votre dernière lettre est un peu vexante, aussi j'y réponds : je n'ai peut-être pas de passé, mais j'ai une histoire. Tout comme vous. Nous aurons peut-être l'occasion de peser de vive voix les mérites respectifs de l'un et de l'autre (encore que je ne sois pas très bonne à l'oral). À propos d'histoire, comme elle est sur le point de prendre un nouveau tournant, je signe cette fois de mon vrai prénom,*

*À bientôt, donc,*

*Isabel*

*Chère Isabel,*

*Que c'est joli, Isabel ! Tellement plus joli que ce ridicule « Aura » dont vous vous êtes affublée ! Pourquoi pas Ange, d'ailleurs, cela aurait fait Ange Duciel ? Ha ha ha ! L'êtes-vous, d'ailleurs, ange ? C'est ce que je vais savoir, bientôt. Nous allons donc passer aux choses sérieuses. Fini les faux-semblants et les pseudonymes. À mon tour, et afin d'amortir le choc de votre premier contact avec la prison (vous n'y couperez pas), je vais vous dire quelques vérités bonnes à savoir avant le grand plongeon.*

*La prison n'est plus le cachot infect et humide, infesté de rats et de pourriture où l'on boit de l'eau croupie et dont la seule idée suscite l'héroïsme de certaines dames. La prison d'aujourd'hui est un lieu soustrait à la représentation. Maton est un métier comme un autre, d'ailleurs on dit « surveillant ». Le détenu est le résultat d'une soustraction. On ne le montre pas parce que la morale républicaine le soustrait aux yeux du public, par « respect » pour lui et parce que le voyeurisme naturel du tout-venant est dégradant pour celui qui le pratique autant que pour celui qui en est l'objet.*

*Pour toutes ces raisons, et sans doute d'autres, économiques, financières et politiques, le détenu d'aujourd'hui n'existe pas comme individu. Il a un numéro d'écrou, augmenté d'un statut social théorique, étayé par toutes sortes de chartes plus ou moins bien-pensantes, ce qui exempte la société de lui donner une place véritable dans le corps social. Il est donc lui-même sans corps.*

*Vous vous apprêtez donc à rendre visite à une « personne détenue », au corps sans doute camouflé d'un jogging passe-partout, dans un non-lieu aseptisé où règne l'angle droit. Vous verrez, ce n'est pas drôle. J'ai peur que vous soyez déçue.*

*Savez-vous, vous serez fouillée, vous passerez sous un détecteur de métaux, on vous confisquera vos clefs, vous attendrez peut-être des heures avant d'être appelée.*

*Voilà, chère Isabel. Malgré tout, j'ai envie de conclure sur une note personnelle. Pour contrer le catastrophisme ambiant, que tout justifie, je prône et entends pratiquer, comme un geste de politesse susceptible d'avoir, à plus large échelle, des répercussions sur le monde : une forme de joie et de sourire.*

*Je ne doute pas que notre prochaine entrevue en comporte.*

*Je l'espère maintenant avec beaucoup d'impatience,*

*Louis Lemaître*

# 23

Poullic
*Été 1995*

Un matin de juin en me levant, c'est devenu une évidence. La vie d'ici, Poullic, les mouettes, le dessin dans les bruyères, Violette, la bibliothèque, les tartes aux mûres, c'était derrière. Fini ! Quand cette pensée a surgi, ça m'a fait trembler. Pas la peur, non, plutôt l'idée de cette puissance hors de moi qui venait de reprendre ses droits. Cette force qui m'a toujours poussée ailleurs : j'avais menti dans ma lettre au détenu Louis L. en affirmant que, cette fois, c'était un choix.

Quand Marisol est revenue de l'école, je le lui ai dit, aussi simplement que possible : « L'année prochaine, nous habiterons à Paris. » Elle a juste demandé si c'était loin, Paris. « Oui, assez loin, j'ai répondu, mais pas tant que ça. »

Quelques jours plus tard, je l'annonçais à Violette.

— Je crois que je vais partir… Une correspondance, ça ne sert à rien. Ces personnes ont besoin d'autre chose, de visites. Et puis, il n'est pas tout seul, tu vois. Il y a beaucoup à faire en prison. On a besoin de bonnes volontés... Je pourrais animer un atelier de lecture, enfin aider à constituer une bibliothèque, je ne sais pas exactement. Il y a des tas de gens qui aident... Alors voilà... pourquoi pas moi ?

— Pourquoi pas toi ? Mais je vais te le dire, moi ! Parce que tu commences à peine à relever la tête. Parce qu'il y a encore quelques mois, tu étais au fond du trou. Parce que tu es fragile. Parce que tu ne connais personne à Paris ! Enfin, Isabel, réfléchis, tu n'as pas le droit de prendre le risque de replonger, ni pour toi ni pour Marisol. Tu as trouvé tes marques ici, un travail. C'est idiot !

— J'ai écrit à l'administration pénitentiaire...

— Et ils t'ont répondu ?

— Pas encore...

— Et tu en as parlé à Marisol ?

— Oui...

Violette a gardé un silence désapprobateur, respiration courte et sonore, sourcils froncés. Elle ne sait rien cacher, ma Violette, j'ai appris à lire sur son visage. Je lui ai pris la main, j'ai essayé de lui expliquer. Je ne savais pas trop quoi lui dire, en réalité, je n'avais pas de raison valable. Mais en essayant, j'ai compris que c'était ça :

— Violette, je crois que le type a raison : ce n'est pas pour lui ni pour les détenus que je fais tout ça. C'est pour moi.

Elle a haussé les épaules :

— Je le sais bien, Isabel... Ce qu'on fait pour les autres, on le fait aussi pour soi... Peut-être même d'abord pour soi...

Violette a soupiré avant d'ajouter :

— Parfois, tu me fais peur, tu ne sais pas te protéger. Et il y a la petite...

— Je sais que ça peut paraître bizarre, mais… ce type… il m'aide… Je ne peux pas vivre cachée. Pourtant, je suis bien ici, si bien… Tu comprends… ?

Bien sûr. Violette comprenait. C'était même elle qui avait résumé, en ce début d'été 94, à la fin d'un déjeuner en tête à tête durant lequel j'avais tenté maladroitement d'exposer mes aspirations :

— Ce que tu veux, en définitive, c'est quitter la bibliothèque, où tu es payée et où tu t'ennuies, et t'investir dans une prison, où tu ne gagneras rien et où tu t'imagines ne pas t'ennuyer !

Les paroles gentiment sarcastiques de Violette. Et pourtant, oui. La prison. Le *nec plus ultra* de toute une contorsion verbale, ridicule je m'en rendais bien compte, autour de « se rendre utile », « soulager la misère humaine », etc.

Violette avait souri, elle m'avait servi d'autorité une deuxième part de tarte :

— Parce que toi, tu peux soulager la misère humaine ?

J'étais vexée – presque. Les choses n'étaient pas vraiment claires, mais la question de Violette concluait la discussion.

— Oui, j'ai dit… Oui, c'est ça… En prison.

Dans la bouche béante du mot, garnie de grilles noires, il y avait l'alpha et l'oméga de tout ce que je ne parvenais pas à me formuler. L'enfermement, la misère, la parole insignifiante et aussi celle qui sauve. Ce mot de « prison » qui d'un coup s'était présenté comme la solution, celle que je cherchais sans le savoir. La grande porte qui me mènerait dans ce lieu dur, infect, où l'on ne pouvait rien attendre de personne, mais seulement donner.

Je me suis demandé si j'avais quelque chose à donner. Le fait de ne pas pouvoir répondre à cette question ne m'a pas paru être un obstacle.

Les jours qui ont suivi, l'idée s'était installée. Elle a fait sa place dans ma vie, dans mes pensées quotidiennes. Elle s'est frayé un chemin dans mes préoccupations, dans mes lectures et même dans mes rêves. J'ai attendu dans une certaine fébrilité la réponse de l'administration pénitentiaire.

# 24

Maison centrale de Poissy
*Janvier 1995*

*Elle le lui dit, à propos de sa voix, elle y a pensé toute la semaine :*

*— Je déteste le son de ma voix. Quand je m'entends, j'ai l'impression que ce n'est pas moi. Écrire, c'est pour ça…*

*— Alors, pourquoi vous êtes venue me voir ? Je vous ai déjà demandé, vous ne m'avez pas répondu. On aurait pu continuer à s'écrire…*

*Elle fait mine de réfléchir, la tête légèrement penchée.*

*Il prend dans sa poche le carnet à spirales. Elle sourit, murmure : « J'aime mieux le mien. » Sort un carnet marron à élastique, tout neuf, l'ouvre bien à plat en écrasant la reliure de la paume. Elle pose son menton dans sa main, les yeux fixés sur la page blanche, moue de petite fille, écrit finalement :* Je n'ai rien de spécial à dire…

*— Avoir quelque chose à dire ! (Il s'anime d'un coup.) Mais personne n'a rien à dire, ça crève les yeux ! C'est pour cela que l'on parle, bouge, écrit tout le temps. Pourquoi on vit, quoi !*

*Elle se tait.*

*— Certains maniaques, j'en fais partie, ne peuvent s'empêcher d'annoter les livres qu'ils sont en train de lire. Moi, mes bouquins, ils fourmillent de notes dans les marges. Un massacre. Il faudrait que je vous montre… D'ailleurs, si vous aviez regardé mon bouquin, Spinoza, vous auriez vu, mais ça vous a gonflée…*

*Elle a toujours le menton dans la main, se triture la paupière inférieure droite avec le petit doigt en fixant un point invisible dans la pièce. Il poursuit :*

*— Vous savez quoi ? Ces remarques, souvent, sont autrement plus intéressantes que le livre… Je le dis en général, hein, pas pour moi, spécialement… Enfin, la prochaine fois que je vous passe un bouquin, commencez par lire ce qu'il y a dans la marge…*

*Elle n'a pas bougé d'un cil, se tait toujours. Il la regarde intensément, la force par ce regard à lever les yeux sur lui.*

*— Vous savez quoi, Isabel ? Vous êtes comme ces gribouillis dans les marges. Vos silences et vos bafouillements sont plus clairs que tous les discours.*

*Elle bougonne :*

*— Ça me fait une belle jambe…*

*Il éclate de rire.*

*— Bonne année, Isabel ! On a oublié de se la souhaiter !*

## 25

Poullic
*Été 1995*

Une nuit, j'ai fait un drôle de rêve. C'était pendant la période où j'attendais le courrier de la pénitentiaire. Avec la précision des rêves, cette phrase : « Le culte de la Vierge me tombait dessus. » Le rêve disait exactement ces mots-là. Ce qui me tombait dessus, c'était une cape argentée comme la surface d'un miroir. Dans le rêve, la cape était une bénédiction venue du ciel et en même temps une prison. Une cape couleur du temps qui m'emprisonnait à vie, m'obligeait à célébrer la Vierge pour les siècles des siècles. Et tout en rêvant, je me disais que je préférais célébrer les corps d'hommes nus, musculeux, torturés et meurtris, comme saint Sébastien ou Jésus-Christ. Tout en rêvant, je pensais vaguement que cette comparaison n'était pas la bonne, mais je ne parvenais pas à comprendre pourquoi, pas plus qu'à me dépêtrer de ce filet à mailles d'argent. Toute la journée, ce rêve m'a poursuivie.

Quand j'étais petite, il y avait chez ma grand-mère un livre qui me fascinait. L'histoire d'un enfant africain enlevé par des marchands d'esclaves, embarqué de force sur un navire négrier et emmené en Amérique. Devenu esclave, le jeune garçon s'était révolté contre ses maîtres, avait été mis dans un cachot humide dont il n'était sorti que pour retourner dans les champs de coton. Ensuite, avec un ami, ils s'étaient enfuis, avaient gagné la côte. Arrivés au bord de la mer, ils s'étaient engagés dans l'eau, alors qu'ils ne savaient pas nager, mais avec la certitude que les larges routes de l'océan étaient plus vastes et libres que tout ce qu'ils laissaient derrière eux. L'histoire ne disait pas s'ils avaient été recueillis par un navire ou une barque de pêcheur, ou s'ils s'étaient noyés, mais sur la dernière illustration du livre, on les voyait de dos, de l'eau jusqu'à mi-taille, se tenant la main, déjà tout petits, avalés par l'ombre, par la mer et par l'immensité, noirs dans la nuit tombante.

Je me souviens de toutes les images de cet album. Les enfants attrapés dans un filet comme un banc de poissons, jetés à fond de cale comme des marchandises, attachés par six comme des bœufs. Et puis celle-là, la dernière où ils disparaissaient dans une ombre qui pouvait être la liberté ou la mort. C'était pareil.

Le 13 août 1994, Violette nous a conduites, Marisol et moi, à la gare de Brest. Dans le train de Paris, pendant que ma petite s'amusait à relier des points sur son livre d'images pour dessiner un âne, une chaise ou un lapin, je me suis assoupie. Dans un demi-sommeil, j'ai rêvé que je me trouvais dans un berceau « aux mailles d'argent » sur lequel étaient penchés deux amis au regard bienveillant. Une synthèse du rêve récent et de l'image ancienne, en somme. En reprenant mes esprits, j'ai pensé que c'était ce que je m'apprêtais à faire en allant voir ce détenu : une synthèse.

Le lendemain, nous sommes descendues à Lyon où j'ai confié Marisol à son père pour la seconde partie des vacances. Le premier parloir était fixé au 28, la rentrée scolaire avait lieu le 13 septembre. J'avais quatre semaines pour trouver un logement.

# 26

Maison centrale de Poissy
*Janvier 1995*

*Avant d'arriver, il lui semble qu'elle a tant de choses à dire. C'est si limpide alors, si précis, quand elle les roule dans sa tête. Elle ne sait pas, quand le moment sera venu, si elle pourra les dire, ces choses pourtant si claires. Rien qu'à y penser, que ce sera difficile, forcément, qu'en face il y aura de l'interrogation, dans son regard à lui, que ça suffira à tout foutre en l'air, qu'elle sera maladroite, dira un mot pour un autre, oui, rien qu'à cause de cette pensée, une fatigue immense lui vient. Une fatigue suspecte et lâche, elle la connaît bien, c'est la fatigue du renoncement avant d'avoir commencé.*

*Elle y va, ne cède pas à cette fatigue, pas encore, elle n'est pas sûre, parfois il y a des surprises. Elle contrôle tellement peu de choses d'elle-même.*

*Le moment arrive, elle l'attend dans la petite pièce. Et dès qu'il arrive, la fatigue tombe sur elle. Comme la nasse du rêve, comme le filet à esclaves du livre d'enfants. Brusquement, elle ressent une terrible envie de dormir, alors qu'elle est devant lui, qu'il la regarde et qu'il faudrait au contraire être extraordinairement éveillée. Comme on dit « tomber de fatigue », ou « fondre » en larmes. Elle pourrait tomber ou fondre. Tout ce qu'elle peut dire :*

*— Je suis fatiguée, aujourd'hui, pardon, je vais encore être nulle.*

*Aujourd'hui, elle n'a même pas envie d'écrire, elle se sent toute molle :*

*— J'ai des maux de tête. Il paraît que c'est à cause…*

*Elle s'arrête au milieu de sa phrase.*

*Lui, doucement :*

*— Vous savez pourquoi, les maux de tête ?*

*— Souvent, je crois que ça va et en fait… J'essaie de tricher avec mon corps, je lui raconte des histoires.*

*Elle a un petit rire qui ressemble à un toussotement.*

*— Mais il sait que je ne lui dis pas tout, c'est pour ça les migraines…*

*— Ne pas lui dire quoi ? l'interrompt Louis.*

*— Sais pas.*

*Elle frissonne comme si elle avait froid. Et puis elle lève le menton et le regarde fixement.*

*— Vous trouvez que j'exagère ?*

*— Un peu.*

*— Que je dramatise, quoi… ?*

*— Oui, c'est ça. Vous dramatisez.*

*Alors il se produit quelque chose d'aussi soudain et involontaire que les larmes. Elle sent sa bouche tressaillir et un grand rire déplacé monter en elle.*

*Il s'en passe des choses, dans une tête, en si peu de secondes. Des choses qui ne ressemblent à rien, ni des pensées, ni des images, ni des mots, ni des raisonnements, rien. Mais qui se voient sur le visage, dans un tressaillement du corps, une minuscule pliure dans un coin de chair, un spasme secret, le sang qui afflue à la base du cou, une pupille qui se dilate.*

*Alors, pour qu'elle ne se sente pas mal, il rit, lui aussi. Et bientôt, tous les deux, ils rient de manière contagieuse, ils ne savent même plus pourquoi ça a commencé.*

# 27

Poullic
*Été 1995*

En août dernier, il y a maintenant un an, Jean-Luc est venu voir sa fille en Bretagne. C'était peu de temps avant notre départ, je ne lui avais encore rien dit de mes projets. J'ai conduit Marisol à Brest, dans un salon de thé, Jean-Luc nous a offert des pâtisseries. Ni scène, ni larmes, ni explications. Un type bien, je l'ai déjà dit, je crois, Jean-Luc est quelqu'un d'honnête, de sensible même. Il m'a aimée, c'est sûr, mais je ne sais pas de quel genre d'amour, je l'ai déjà dit. Il a besoin de protéger, il aime qui a besoin de sa protection, j'étais un oiseau tombé du nid. Ce genre d'amour-là. Je ne sais pas si c'est de l'amour.

Il a toujours eu peur que je m'échappe de sa cage dorée, je l'ai mille fois senti. Mais il est intelligent, il n'a jamais fermé la porte de cette cage. S'il l'avait fait, je me serais envolée encore plus vite. Peut-être aurait-il mieux valu.

Il ne m'a jamais soupçonnée de vouloir lui soustraire sa fille, mais il savait que je ne ferais pas les choses correctement. Il est venu en Bretagne pour faire ça, les choses correctement. Il a mis en place un petit virement mensuel, « en attendant que je sois sûre de moi » – je l'étais ! –, il est reparti pour Lyon après avoir organisé la prochaine visite. La porte de la cage est restée ouverte, il me l'a bien fait comprendre, et bien sentir, aussi, sa mansuétude. Quand même, il y a des limites à être un « type bien ». Quand nous nous sommes installées à Paris, il a compris que non, je ne reviendrais pas. Fin octobre, on s'est entendus pour le divorce.

Ça s'est passé simplement. Toujours l'histoire de la porte ouverte, surtout pas de tensions, laisser du mou, il est avocat, il sait. Ça a été l'argent. Une pension très correcte, de quoi vivre bien, la petite et moi. Il l'a fait. Pour les papiers, il a tout organisé, le rendez-vous à Paris avec le confrère, la fourniture du livret de famille et du contrat de mariage.

Après la conciliation, un jour d'hiver glacial, on a pris tous les trois un chocolat chaud au Café de la Paix, place de l'Opéra, dans les salons, larges fauteuils à ramages et musique de fond, il a demandé « avec beaucoup de Chantilly » pour moi, il sait que j'aime ça, s'est assuré que nous étions bien logées, s'est renseigné sur la scolarité de Marisol. Quand il a proposé de payer une école privée, j'ai dit : « Non, elle est bien là où elle est. » La pension consentie est plus que suffisante, il prend sa fille à Lyon une fois tous les quinze jours et la moitié des vacances. Au moment de nous quitter, j'ai dit :

— Pardon, tu ne méritais pas ça.

Entre-temps, il y a ma nouvelle vie.

C'est à cause de ce caractère, si lisse croyais-je, de Jean-Luc, que la lettre reçue début octobre m'a littéralement laissée sans voix. Une lettre de deux pages dans laquelle il me disait son désarroi et la souffrance dans laquelle notre séparation le plongeait. Il écrivait le mot, « séparation », et c'est ce mot, je crois, qui m'a d'abord frappée. En le lisant, je me suis rendu compte que je me sentais « séparée » depuis si longtemps, même quand je vivais à ses côtés, mon départ n'avait pas pris pour moi le sens d'une séparation, c'était plutôt une façon d'entériner, sans trop de douleur de part et d'autre, une situation de fait. Je croyais lire en Jean-Luc comme dans un livre ouvert, je croyais le connaître par cœur, son calme, sa retenue, sa pondération en tout, même en amour. Je n'avais jamais mesuré celui qu'il me portait. Jamais il ne m'avait dit « je t'aime » depuis notre mariage. Sa réaction immédiate à mon départ avait d'ailleurs été celle que j'attendais. Le calme et la pondération du type « bien ». Là, il souffrait et il me le disait. C'était la première fois qu'il s'ouvrait ainsi à moi. Sa lettre était déchirante. En la repliant, j'étais bouleversée.

Mais le pas avait été fait. Je le savais, je ne ferais pas volte-face. J'étais partie et quelque chose de nouveau se dessinait pour moi, aux contours flous, quelque chose qui interdisait tout retour en arrière. Je lui ai écrit. J'ai essayé de lui expliquer, j'ai essayé à mon tour d'être honnête, de lui dire où je me trouvais, de lui dire mon immense affection, mais mon impossibilité de poursuivre ce qui était devenu pour moi un mensonge. Je ne sais pas si j'y suis parvenue, c'est difficile d'expliquer ce genre de choses. Tandis que j'écrivais, j'avais un sentiment étrange. C'était la première fois depuis deux ans que j'écrivais à quelqu'un d'autre qu'à Louis. Et c'était à mon ex-mari.

# 28

Maison centrale de Poissy
*Février 1995*

*Elle l'a déjà écrit dans le RER et, en arrivant, elle a simplement ouvert le carnet à la bonne page :* Pourquoi vous êtes comme ça ?

*Il sourit.*

*— Je suis comment ?*

*Elle fait une vague moue, lève les yeux au plafond comme pour y trouver ce qu'elle cherche, n'écrit plus rien. Il attend patiemment et répète :*

*— C'est quoi, « comme ça » ?*

*Alors elle dit à voix haute :*

*— Pourquoi vous avez demandé une correspondance, alors que vous n'avez besoin de personne ?*

*Il fait « Ah ! », comme si arrivait enfin la question qu'il attendait depuis longtemps.*

*— Comme ça… Je suis un type seul, c'est vrai. Je m'en sors plutôt bien avec moi-même. Enfin, c'est ce que je croyais. Mais*

*il paraît que ce n'est pas bon pour la santé. C'est la psychologue qui le dit.*

*Il a un sourire pensif.*

*— Au début, c'était presque pour lui faire plaisir que je me suis inscrit au courrier… La pauvre, je lui donne du fil à retordre, je ne dois pas rentrer dans ses cases. Elle voulait tellement faire quelque chose pour le pauvre taulard… Je ne voulais pas être son échec. Elle fait ce qu'elle peut, son boulot, ce n'est pas facile… Ils sont tous cinglés ou névropathes, je me suis dit, cette brave femme, faut bien qu'elle ait des résultats, sinon elle risque d'être mal notée par sa hiérarchie. Si vous aviez vu sa tête quand j'ai dit « Ok pour la correspondance »… Ça m'a fait plaisir…*

*Il la regarde, voit sa mine décontenancée, éclate de rire.*

*— Après… Mais après, je vous ai rencontrée, Isabel ! Et c'est vous qui m'avez donné envie de continuer !*

# 29

Paris
*Fin août 1995*

De retour à Paris, en rangeant un carton plein de cahiers, j'ai retrouvé mes premières notes de parloir, datant de l'automne précédent.

*Maison centrale, 17, rue de l'Abbaye, 78000, Poissy. De Paris, prendre le RER jusqu'à la gare de Poissy. Prendre la direction centre-ville, suivre l'abbaye, prendre à droite (rue de l'Abbaye) et continuer jusqu'au carrefour (feux) où l'entrée de l'établissement se situe (800 m).*

Ce n'est pas un dépliant touristique, mais le trajet est presque agréable. Le petit recto-verso est disponible à l'accueil de la prison. Il faut viser l'ancienne collégiale (XVe siècle), traverser la vieille ville, pavés disjoints, ruelles étroites, gros moellons gris fer. On débouche sur la rue de l'Abbaye par celle des Tournelles et une sorte d'arche dont l'entrée est surmontée d'une inscription plaisante : « Musée du Jouet ». Le M est de travers et ce musée semble nettement moins fréquenté que l'établissement d'en face, dont la destination est également annoncée en lettres noires, « Maison centrale de Poissy », encadrée de deux drapeaux français.

C'est là.

***

Si la vie pouvait se regarder comme un film, ce film-là serait peut-être bon. Changement de décor, changement de casting. Scénario tiré par les cheveux, mais après tout le spectateur en serait pour ses frais et ses clichés de spectateur : « La réalité dépasse la fiction. »

Ça m'arrive souvent. Regarder ma vie comme si j'étais au spectacle, comme mater une scène d'amour dans le trou d'une serrure. En voyeuse. Rien à faire, ça se passe sans moi, mais j'y prends du plaisir.

D'une routine à une autre. Quand j'y repense, il y a quelques semaines, il y avait la promenade sur le chemin des douaniers, les bruyères ocre, le mugissement de l'océan. Et le retour sur la lande mouillée. Aujourd'hui, le trottoir luisant de pluie, l'odeur du métro, les annonces dans le haut-parleur de la gare, les trains bondés. Et le retour dans la foule hagarde. La fameuse « vie de tous les jours » est interchangeable. Le matin, je verse le lait et les Chocapic dans le bol à oreillettes bleues marqué *Marisol*, avec le bonhomme à chapeau breton, à la sortie de l'école, elle a toujours les pommettes rouges et la mine joyeuse, notre petit deux-pièces donne sur une cour pavée où pousse un marronnier et, le soir, on ramasse des marrons vernis dans leur bogue piquante. Ce n'est pas tellement ça qui a changé.

Ce qui a changé, c'est cette organisation. Première fois que j'organise quoi que ce soit pour la durée, une durée haute comme le mur de la prison qu'il faut longer chaque semaine et l'interminable crépi jaune sale largement fissuré par endroits. Ce qui a changé surtout, c'est cet homme, là-bas, derrière le mur.

Au début, j'ai écrit à Violette, elle me l'a demandé, elle voulait savoir, elle était pleine d'inquiétude et de sollicitude, je lui ai raconté la prison, la salle d'attente, la fouille au corps, le passage sous les portiques, le claquement des portes, l'odeur écœurante, la première rencontre, la deuxième. À la Toussaint, on est revenues pour les petites vacances, on a ri, mangé des crêpes et du gâteau breton plein de beurre.

Ensuite, notre correspondance s'est étiolée, je ne trouvais pas tellement le temps d'écrire, c'est-à-dire l'envie, vraiment. C'est étrange, parfois Violette s'effaçait, un point brouillé par l'éloignement. Juste ma vie qui s'était déplacée. Je m'en voulais, j'avais peur que Violette soit fâchée, ou qu'elle m'oublie, qu'elle me relègue au rang de locataire sympathique. Alors oui, j'avais très peur, mon cœur était plein d'angoisse, j'aime tant qu'elle m'aime bien, vite j'écrivais une petite lettre ou une petite carte. Elle répondait toujours. Toujours ses lettres irradiaient d'affection. J'étais rassurée. Je répondais par un petit mot et je n'y pensais plus pendant un temps.

Heureusement, ça aussi a changé. Depuis, j'ai retrouvé Violette.

À Paris, je me suis tout de suite tournée vers la prison. Depuis un an, je ne pense qu'à elle – « elle » : on dirait que je parle d'une femme aimée ! –, mon nord magnétique c'est le lettrage noir du portail d'entrée encadré par les drapeaux, « Maison centrale de Poissy », c'est le bruit des clefs et l'intérieur fétide, ce sont les sas et les portes métalliques, même mes rêves nocturnes en sont habités. Dans ce dédale obscur, il me semble que j'ai commencé à vivre.

Je me suis mise en marche, c'est ce que j'ai ressenti dès les premiers parloirs : une marche, très active, très occupée, très bourdonnante.

Au début de cette année, j'ai pris contact avec l'Administration de la prison pour faire passer des livres aux détenus qui le souhaitent. Je fais des listes dans des revues, demande des conseils dans les librairies, « c'est pour quelqu'un qui ne lit pas beaucoup », Louis a dit « des polars, des bios ou des tranches de vie, des BD, des trucs pas prise de tête », pas pour lui, pour ses codétenus. Je les achète sur mes propres deniers – c'est-à-dire ceux de Jean-Luc. Le reste du temps, je pense au dernier parloir ou au prochain.

J'ai l'impression, sotte sans doute, d'être forte et nécessaire. C'est comme avec Marisol et pourtant différent. C'est nouveau. C'est comme si jusqu'à présent, je n'avais tenu que sur une seule jambe et que je venais de retrouver l'usage de l'autre.

# 30

Maison centrale de Poissy
*Mars 1995*

*Il est assis loin de la table, trop massif pour la chaise, légèrement penché en avant, les coudes sur les genoux, les mains jointes entre les jambes. Il la fixe par en dessous et ses yeux luisent d'un éclat de charbon.*

*— Je te préviens, je ne suis pas de bon poil. Tu n'es pas obligée de rester si tu n'as pas envie…*

*Dès qu'il est entré, elle a senti son humeur méchante. Elle est recroquevillée sur sa chaise, les jambes bizarrement croisées comme si elles voulaient faire un nœud. Silence tendu comme une corde. Le cauchemar des débuts, qu'est-ce que je fais ici ? Comme en écho, il demande brutalement :*

*— Pourquoi tu viens ici ?*

*Cette question, il l'a déjà posée. Aujourd'hui encore, et ce tutoiement, pour la deuxième fois, comme une gifle.*

*— Hein ? Pourquoi tu viens t'encanailler avec des types comme moi ?*

*Elle voudrait se lever et partir, mais ses jambes sont nouées. Il continue à la fixer.*

*— Tu devrais avoir peur de moi. Je suis une crapule.*

*Tout à trac, il enchaîne :*

*— Tu sais ce que c'est le désir ?*

*Elle se met à transpirer, tout à coup elle a peur de lui.*

*— Tu le sais ? L'envie de baiser, la chatte qui mouille ?*

*Elle détourne les yeux, un peu, pas trop, ne pas réagir sans pour autant paraître bégueule. Ne rien montrer, rien.*

*— Eh bien, moi, ce ne sont pas les femmes qui me font bander. Ce sont les biftons, les diamants dans les coffres-forts. Les gros coups. Les braquages. Durs…*

*Il se tait, la vrille du regard. Se tait. Silence écrasant.*

*Faire comme si elle entendait et ne s'en émouvait pas. Et maintenant, oser casser le silence. Oser se manifester. Elle risque :*

*— Vous voulez dire…*

*— Exactement… T'as compris…*

*Elle se force à respirer lentement, le faisceau de son regard frôle le bras de l'homme, va mourir sur le tuyau de plomberie au fond de la pièce. Oser. Elle articule lentement :*

*— Vous ne… pouvez pas…*

*— M'en empêcher… ouais. Si je sors, je recommencerai. C'est mon adrénaline à moi, mon plaisir. Ma jouissance. La seule.*

*Il répète en la regardant fixement et ses mots entaillent la chair d'Isabel : « La seule. »*

*Il se tait, prend sa tête dans ses mains et reste un moment ainsi, comme prostré, retiré en lui-même. Elle voudrait dire quelque chose, il faudrait, elle sent qu'il faudrait. D'une voix fluette, ridicule, elle sent, un filet :*

*— Vous ne voulez plus que je vienne ?*

*Il secoue la tête, passe une main rageuse dans ses cheveux, se lève. Il appelle le maton en soulevant l'œilleton.*

*— Surveillant ! Parloir terminé !*

*En partant, il lance :*

*— Je suis un truand, une brute. Un braqueur.*

***

Sonnée. Pas d'autre mot. Je me suis demandé si je devais y retourner, s'il voulait, si je voulais. Me suis sentie ridicule, j'aurais dû dire quelque chose d'autre, quelque chose qui l'aide, lui. C'est cela qu'on attend d'un visiteur de prison, sans doute, une parole qui aide. Oui, mais voilà, l'étais-je, cette visiteuse ? Si peu, à vrai dire.

Il est violent, il a besoin de provoquer, je le savais. Mais là, cette agressivité. Ce tutoiement brutal. J'avais voulu croire à la douce brute, ça avait même commencé à me plaire. Et là, rien de doux, tout d'une brute. Au fond, je ne savais pas pourquoi il purgeait cette si longue peine. Il n'en avait jamais parlé et je n'avais jamais posé de question. La seule chose dont je m'étais persuadée, dès le début, c'est qu'il ne s'agissait pas d'un crime de sang. Parce que le sang, j'aurais pas pu. Après ce parloir, j'y ai repensé, c'était désagréable. J'ai essayé de chasser cette idée, n'y suis pas vraiment arrivée.

À vrai dire, j'avais cessé de me demander pourquoi il était sous les verrous dès les premières lettres. L'autre jour, ce n'est pas la prison et les murs écaillés qui se sont rappelés à moi, c'est lui, cet homme-là, avec ses mots durs et crus, sa brutalité.

C'est peut-être ça qu'il a voulu dire, qu'il était avant tout un malfrat, un salaud.

Quelques jours plus tard, j'ai reçu un petit mot qui commençait par : *Je vous ai dit que j'étais une brute, pardon, parfois je sors les griffes, il ne faut pas m'en vouloir. M'en voulez-vous ?* Je lui ai répondu, dans une courte carte, que les griffes, ça pouvait blesser.

Je suis retournée à Poissy. À la visite suivante, il s'est montré si empressé de me faire oublier cet épisode que j'en ai été touchée.

En prenant congé, il a hésité une seconde.

— Vous ne m'avez jamais demandé pourquoi j'étais ici et je vous en suis reconnaissant. Il a ajouté avec un petit rire : si vous me l'aviez demandé, ça m'aurait peut-être énervé. Ce n'est pas que j'aie grand-chose à cacher. Je ne regrette rien de ce que j'ai fait…

Il a un soupir.

— Vous me donnez beaucoup, vous savez. De votre temps, de votre affection. Et moi… pas grand-chose… Si vous voulez, la prochaine fois, je vous dirai qui je suis. Je vous livrerai un tout petit peu du bonhomme.

J'ai hoché la tête, je n'étais pas sûre d'en avoir envie.

## 31

Maison centrale de Poissy
*Mars 1995*

*C'est elle qui le lui demande. Une petite phrase sur le carnet marron :* Vous m'aviez proposé de me parler de vous ?

*Il sourit comme s'il se rendait.*

*— Vous parler de ma vie ? C'est ce que vous voudriez ? Ma vie, c'est une cellule de 8 $m^2$, des barreaux aux fenêtres, un lit en fer, dégueulasse – heureusement, j'ai pu acheter trois planches pour combler le trou du sommier. Ma vie, depuis vingt ans, ça aura été quinze ans de taule, deux cavales dont une avec prise d'otages. Aggravation de peine, évidemment, les prises d'otages, ils n'aiment pas. Parfois, on ne peut pas faire autrement. Je m'en foutais, j'avais pris dix ans, je me disais je n'avais plus rien à perdre, les mecs je ne leur aurais pas touché un cheveu… À l'époque, je ne supportais pas l'idée d'être comme un mort-vivant : fallait que je m'arrache.*

*Ils sont très près l'un de l'autre, leurs coudes sont appuyés sur la table métallique et leurs têtes sont à se toucher, mais ils ne se regardent pas.*

*Isabel fixe le plat de la table, les pommettes enfoncées dans ses deux poings. Il poursuit :*

*— Vous savez, Isabel, moi non plus, je n'ai jamais trop causé. Quand je faisais mes coups, je récupérais un peu de galette, je m'enfermais dans une chambre d'hôtel, avec de gros cigares, des bouquins et j'attendais que ça passe.*

*— Quoi ?*

*— Les flics, le boucan. Le temps…*

*— Et après ?*

*— Après, je sortais, je me tirais plus loin. Je passais une frontière. Je me payais des trucs… des alcools…*

*— Et après ?*

*Elle est comme une enfant, la respiration suspendue, elle veut la suite de l'histoire. Il se redresse sur sa chaise.*

*— Après… ? Je faisais le mort pendant le temps qu'il fallait et je recommençais.*

*Elle écoute encore, même quand il se tait. Happée tout entière par l'histoire qui se raconte. Il fait semblant de regarder ailleurs, mais il devine la bouche entrouverte, l'attention tendue comme un arc. Il s'éclaircit la voix.*

*— Moi, j'ai bouquiné pour ne pas avoir à parler aux autres. Je suis un grand misanthrope, vous savez. Enfin, j'ai été… Et puis, on s'écrit, vous me racontez des trucs, on se rencontre. Et vous ne parlez pas…*

*Elle relève la tête et son visage s'illumine d'un coup comme s'il venait de dire quelque chose de drôle.*

*Il sourit.*

*— J'ai changé. Je me suis mis à l'étude. La philo. Ma vie aujourd'hui, c'est une promenade quotidienne où je ne vais jamais… 60 m$^2$ pour cent gars, des murs si hauts qu'on ne voit jamais le soleil… La vie, c'est le présent, Isabel. Et le présent, c'est ce que l'on veut bien vivre. Ma vie, ce sont les horaires.*

*Douche, café, promenade, linge, déjeuner, promenade, dîner, fermeture. Et les interdits… Interdit de cuisiner en commun, de se réunir, de fumer dans les couloirs, de circuler torse nu ou avec des vêtements à capuche. Je ne fume plus et les capuches, ce n'est pas mon genre.*

*Elle griffonne, le front plissé :* Comment on supporte ?

*— Je sais, ça paraît bizarre… J'essaie de vous expliquer. Être dans la vie, c'est occuper son quotidien comme on occupe une place forte. Fuir, c'est abandonner le terrain. Je peux fuir en restant dans ma cellule.*

*Le présent, justement. Autrefois, elle s'était tue pour le fuir. Aujourd'hui, elle se tait pour le conserver. Elle l'écoute, concentrée sur ses paroles. Il poursuit :*

*— Ça ne vous est jamais arrivé de sentir que nous vivons plusieurs vies en une ? Ces instants où quelque chose vous submerge, qui n'est pas la réalité que nous avons sous les yeux, ça vient d'ailleurs, ça dure l'espace d'un éclair, on n'a pas les mots pour l'exprimer. Ça vient du cœur, de la tête, c'est une sensation de chaleur dans la poitrine, peut-être même de bonheur, on ne sait pas d'où ça sort… Ce qui est sûr, c'est que ça vient dans un état de repos, pas dans un état de refus… même en prison.*

*Elle a le souffle court de la concentration, sa poitrine se soulève légèrement sous son chemisier. Il se lève, fait trois pas, revient s'asseoir.*

*— Bon, en prison, c'est plus rare, parce qu'il n'y a pas la beauté, pas les couchers de soleil, pas la nature ou la grâce d'un visage. Mais il y a la pensée, l'imagination, et aussi la conscience de cette autre vie. Je sais, je le ressens profondément, que toute la vie n'est pas ce que je vis… Ce n'est pas une question de foi ou d'espérance, rien à voir avec la religion, même pas la spiritualité. Non… Je dirais plutôt une esthétique de la vie. Comment préciser ça ?*

*Elle demande d'une voix enrouée :*

*— Quand on rêve ?*

*— Oui... aussi. Quand on rêve, il y a aussi cette vie-là, du rêve, qui nous rappelle que ce que perçoivent nos sens n'est pas l'unique réalité. Oui, bien sûr...*

*Il s'interrompt, son regard erre quelque part au-delà de la porte.*

*Elle griffonne :* Vous vous évadez, quoi !

*Il sourit, elle aussi.*

*— Si vous voulez... On peut dire que je m'évade... Mais c'est bien parce que je ne fuis pas mon sort. En cavale, on ne s'évade pas. On est collé au réel, le nez écrasé contre la vitre. Englué. Quand on comprend cela, la vie devient beaucoup plus supportable. Même ici.*

*Elle murmure :*

*— Vous devez être le seul à penser comme ça.*

*— Je ne sais pas. Je ne fréquente pas grand monde...*

# 32

Paris
*Automne 1995*

Louis m'a parlé de Lucie vers la fin de notre premier hiver. La fille de sa sœur. Quand il parle d'elle, sa voix prend une intensité particulière. J'ai compris qu'il l'avait plus ou moins adoptée depuis la mort du père. « Une crapule, celui-là, rien à regretter », c'est tout ce qu'il dit du type. La petite avait trois ans, sa mère était dans une grande détresse, j'ai cru comprendre qu'elle était à moitié à la rue. Je ne suis pas sûre d'avoir entendu « à la rue » ou « dans la rue ». Je n'ai pas osé demander. Impression bizarre qu'il veut que je sache quelque chose tout en me maintenant à distance.

Lucie travaille à Angoulême, je n'ai pas vraiment compris ce qu'elle faisait. Elle monte parfois à Paris pour voir son oncle. Quand je ne lui pose pas de question, il en parle volontiers, maintenant, avec beaucoup de fierté. « Depuis mon grand-père, elle est la première de la famille qui se respecte. » Dans cette affirmation, tant d'orgueil mêlé à tant de sous-entendus. Je me suis retenue de le questionner. Lucie est sans doute la seule personne à laquelle il tienne vraiment. Il dit qu'elle est belle, cheveux roux, peau de lait. « Quand elle sourit, on ne s'y attend jamais, un peu comme vous… Avec ça, intelligente. » J'étais sur le point d'être agacée de cette description dithyrambique. Bon. J'ai continué à l'écouter. Cela me touche, au fond, qu'il se livre avec tant de confiance. « J'aurais voulu l'élever comme une princesse, j'ai fait ce que j'ai pu, quand j'étais dehors, à chaque fois, il fallait rattraper les dégâts que faisait sa mère, oui, ma sœur, ou le gars avec qui elle était à ce moment-là. Je l'ai obligée à poursuivre l'école, à passer son bac, il fallait qu'elle sorte de la malédiction familiale ! » En disant ça, son visage a brusquement pris une teinte terreuse. Je l'avais déjà observée chez lui, cette pâleur subite quand il est pris d'émotion. Puis le sang est revenu colorer ses joues. « Lucie, c'est mon trésor, la seule réussite de ma vie. Sans elle, je ne sais pas si je tiendrais… »

J'aimerais bien la rencontrer, cette Lucie, je n'en ai évidemment rien laissé paraître. Louis n'en a aucune envie, ça se sent, il maintient une barrière. Il a dû deviner ma question aussitôt ravalée, parce qu'il s'est senti obligé de me dire : « Je pense que vous avez compris, Isabel, pour moi, Lucie, c'est chasse gardée. J'ai horreur des ménages à trois ! »

Comme c'est lui qui décide des horaires de visite, il n'y a pas de risques que nous nous croisions à la prison. N'empêche, en sortant de ce parloir, petit pincement au cœur à l'idée que Louis m'ait caché si longtemps l'existence de Lucie.

L'autre jour, il était de bonne humeur, je lui ai demandé, à propos de sa sœur Aline :

— L'autre fois, vous m'avez dit que votre sœur était « à la rue » quand vous avez commencé à vous occuper de Lucie. Je ne suis pas certaine…

Il m'a coupée :

— Si, vous avez compris, puisque vous me posez cette question. Elle faisait le trottoir. Depuis bien avant la naissance de Lucie. Elle… Je crois qu'elle n'avait pas dix-huit ans quand ça a commencé. Je m'en suis rendu compte, l'année de la mort de mon père… J'avais quatorze ans. J'avais quitté l'école, je ne supportais plus, je travaillais chez un garagiste de Phalempin. Les bagnoles, ça me plaisait. Je préférais passer mes journées dans le cul des voitures que dans celui des filles. Moins de problèmes, j'avais déjà compris ça.

J'ai bien vu son regard en coin pour voir si je réagissais. Je n'ai pas bougé un cil, je voulais qu'il poursuive.

— À cette époque, je pouvais démonter et remonter un moteur en une matinée. C'est ce qui l'avait décidé à m'embaucher, le garagiste. J'étais payé et tout, la famille, ça nous redorait le blason, on en avait besoin. Un beau jour un type, un débile, il s'appelait Pierrot, je m'en souviens, n'a rien trouvé de mieux que me dire au bistrot devant tous les gars que ma sœur faisait le tapin pour les mineurs. Je lui ai cassé la gueule, vous pensez… Le type, il a perdu son œil et moi mon boulot. J'étais un violent, mais c'était vrai, pour le tapin. Ma mère savait, elle ne disait rien. C'est là que j'ai commencé à voler. Des mobylettes, des casses minables. Mais jamais en bande, toujours seul. Je suis parti de chez ma mère, plus tard, ma sœur s'est mise avec son mac. Une saloperie, une ordure. Il la tabassait à mort, après il la remettait sur le trottoir. Il faisait ça avec toutes les filles. Mais elle… Il a manqué la tuer quand elle attendait la petite… Une raclure. Il s'est fait dézinguer. Lucie est née en 1969. Après, quand il a crevé, je me suis occupé de la petite.

# 33

Maison centrale de Poissy
*Avril 1995*

*Il dit :*

*— Quand vous êtes venue, la dernière fois… J'ai été si con… Des fois, j'y crois pas. Je me dis : « Elle ne va pas revenir, elle va en avoir marre. »*

*Elle sourit.*

*— Pourquoi j'en aurais marre ?*

*Il soupire, comme s'il était fatigué de devoir expliquer l'évidence.*

*— Vous savez, Isabel, les sentiments, l'amitié, l'amour, tout ça… ça se nourrit du changement. Un paysage qui s'enfuit, un ciel qui se dégage, un décor qui se transforme, et puis l'atmosphère, l'ambiance, les lumières, les bruits. L'illusion d'avancer est sauve, le fameux train d'à côté qui part et on croit qu'on a quitté la gare. La mobilité est la distraction qui permet le retour des rencontres sans l'impression de répétition. Le parloir, non, c'est toujours la même chose.*

*Il la regarde du coin de l'œil. Elle a cet air à la fois fasciné et absent, signe chez elle d'une intense concentration, il poursuit :*

*— Ce parloir est un non-lieu, la seule solution est que la répétition devienne comme l'oubli. Qu'elle se gomme elle-même. L'oubli, ce n'est pas une vie pour une jeune femme.*

*Elle dit seulement :*

*— Non, non, c'est pas comme ça.*

*Elle voudrait dire autre chose, il parle si facilement, elle si mal. Elle secoue juste la tête en signe de refus de ce qu'elle vient d'entendre. Alors, il a un geste inattendu : il lui prend gentiment la main par-dessus la table, et il la caresse, comme on caresse la main d'un enfant.*

*Il murmure :*

*— Vous savez, on ne survit pas, en fait, à tout ce à quoi on survit.*

*Elle voudrait qu'il explique, elle ne comprend pas la phrase, pas bien, et il dit :*

*— Non, la compréhension, cela vient tout seul, plus tard. Ou pas. Ce n'est pas grave.*

*Elle ne persiste pas, n'ajoute rien. Parfois, il a de ces phrases, comme ça, qui ressemblent à des énigmes.*

*Elle aussi, certains jours, commence des phrases, des amorces de propos qu'elle ne poursuit pas, même sur le papier. C'est lui qui voudrait qu'elle s'explique, qui insiste :*

*— Expliquer, c'est plus facile que ne rien dire.*

*Elle écrit :* C'est plus long.

*Il sourit. Il est de bonne humeur. Elle est si mince, si frêle, si drôle.*

*— C'est vrai. C'est pour cette raison que l'on ne peut pas expliquer un rêve. C'est beaucoup plus long et ennuyeux que de le rêver. On y perd l'essentiel.*

*Et elle :* Oui, je préfère rêver.

— *Moi aussi. Je détesterais quelqu'un qui me raconterait ses rêves au petit déjeuner.*

*Elle écrit :* Ça vous est déjà arrivé ?

*Il a un petit rire.*

— *Pas vraiment ! De toute façon, je ne prends pas de petit déjeuner…*

## 34

Paris
*Automne 1995*

C'était le 28 avril de cette année, un vendredi, il pleuvait des cordes. J'étais en retard. Je marchais vite, il y avait beaucoup de vent, il fallait baisser le front contre les rafales, le mur de la prison paraissait interminable. Brusquement, j'ai vu des pieds. Je me suis littéralement cognée contre une forme surgie de nulle part. Une silhouette de femme, dressée et arrogante, la tête couverte d'un béret vert. C'est ce vert qui m'a frappée d'abord. Après, les mèches de cheveux roux, collées à son cou par la pluie. Cette voix cinglante :

— On ne passe pas. Louis ne veut plus vous voir.

J'ai voulu rétorquer, elle a répété, sur un ton dur :

— Louis ne veut plus vous voir. Il ne faut plus venir.

J'ai balbutié : « J'ai une autorisation… Vous êtes qui ? » et j'ai tenté de forcer le passage. La fille au béret a écarté les bras, m'obligeant à descendre du trottoir. Elle est descendue, elle aussi, me barrant la route. « Peu importe… » La voix était cassante. « On s'en fout de qui je suis. »

J'ai regardé autour de moi. Ils étaient trois. Il y avait aussi deux gars qui ricanaient, l'air plus jeune, mais agressif. J'ai essayé de discuter.

— Mais… c'est absurde… Il… Il m'attend.

Elle m'a lancé :

— Non. Il ne vous attend pas. Il ne vous attendra plus.

Un des types m'a attrapée par le bras et m'a poussée brutalement. « Tire-toi, on t'a dit ! » La fille a renchéri : « Allez ! Partez, maintenant ! »

J'ai reculé. Avant de faire demi-tour, je ne sais pas pourquoi, j'ai deviné. J'ai risqué :

— Lucie… ?

— Ouais, Lucie, a dit un des gars. Et maintenant, dégage !

La fille m'a regardée partir sans ajouter un mot. Rousse sous son béret vert.

Rentrée chez moi, j'ai téléphoné à la prison. Oui, le détenu Lemaître avait annulé son parloir de l'après-midi.

***

Paris sans raison, Paris sans prison, ville brutalement grise et dévastée, guerre de granit et de piétons. J'ai tournoyé comme une toupie, K-O, coulée, torpillée, envoyée par le fond. Les jours se sont enchaînés en une succion mortelle. Je me suis abîmée dans ce tournoiement.

J'ai continué à acheter des livres, bêtement, de manière mécanique, à stabiloter des sélections dans des magazines. Sans lire, seulement parcourir les pages, regard mort sur écran gris. Encéphalogramme plat, tracé inerte. Le jour et la nuit qui se fondent, l'alternance de la veille et du sommeil gommée par les somnifères.

Dans tout ça, une fébrilité tenant plus de la course d'une volaille décapitée que d'une activité humaine. Un oiseau sans tête cognant les murs, se heurtant au mobilier, affolant les témoins de cette démente agonie. Voilà ce que je suis devenue.

Au bout de quelques semaines, Marisol s'est mise à cauchemarder, à faire pipi au lit, elle est redevenue sale à l'école. J'ai été convoquée. « Il y a quelque chose ? » « Rien, j'ai dit, non, je ne vois pas… » Ai promis de m'en occuper, ai senti dans mon dos le regard soupçonneux de la maîtresse.

Quand il s'est mis à faire beau, j'ai détesté le soleil, j'ai parfois emmené Marisol au square pour quelques descentes de toboggan qu'elle faisait sans conviction, pour me faire plaisir. Nous nous morfondions toutes les deux près du tas de sable, elle réclamait très vite de rentrer. À la maison, elle jouait avec les piles d'ouvrages qui s'entassaient dans le salon, elle faisait des tours, je m'énervais, j'étais sur elle sans arrêt, je l'attrapais quand elle faisait tomber les tours de livres ou quand elle mélangeait les « mauvais » et les « bons ». Ceux à donner à la prison qui n'existait plus.

Une nuit, je me suis réveillée avec des bourdonnements d'oreilles. J'ai pensé « Voilà ma nouvelle vie », je suis restée assise toute la nuit sur mon lit, certaine que j'aurais pour toujours cette ruche en activité dans la tête. Au matin, mes mains étaient glacées, je ne les sentais plus du tout, comme si elles étaient deux petites choses mortes, accrochées au bout de mes bras, séparées de mon corps. J'ai eu peur de devenir folle. Les bourdonnements d'oreilles ont cessé et je me suis rendu compte que c'était le ronronnement du réfrigérateur.

J'ai écrit à Violette, pas tout de suite, j'ai laissé passer quinze jours, trois semaines. Je n'ai pas voulu téléphoner, pas la voix, pas les commentaires. Une bafouille presque illisible, *je suis obligée de cesser les visites, je n'ai pas compris, il ne veut plus me voir, je ne suis pas sûre, sa nièce, je ne comprends pas ce qui se passe, je ne me sens pas bien, Marisol ne veut pas me voir pleurer, il faut que je sois forte. Violette, je me sens perdue, ne me jugez pas, s'il vous plaît.*

Il y a eu rapidement une gentille lettre en retour, Violette nous attendait à Poullic pour les vacances d'été.

Le temps est passé là-dessus, un froid anesthésiant, averses de neige, pluies torrentielles, giboulées tardives, printemps glacé. Deux angines de Marisol, un épisode de poux, lotion Marie-Rose, pédiatre, brusque chaleur estivale à la Pentecôte, sortie scolaire au bois de Vincennes, « Je suis désolée, je ne peux pas accompagner, je suis très occupée... », après-midi entiers à dormir, rideaux tirés, à fumer, à attendre, l'heure de la sortie d'école, une lettre, un appel, la fin de la journée, la fin de la douleur. Mi-juin, fête de l'école où je n'ai pu éviter de me rendre. Sourire et gâteau au yaourt obligés, entre deux mères compatissantes, comme un condamné à son procès entouré de deux policiers.

Aujourd'hui, je pense à cette période comme à une maladie qui couvait à bas bruit, un rongeur invisible qui dévorait les entrailles des journées. Une suite interminable de faux pas, comme on trébuche dans un cauchemar, qui ramenait toujours au trajet interdit : le RER le long de la Seine, Nanterre Préfecture, Houilles, Achères, une randonnée mortifère imaginée par mon système nerveux désaxé.

***

Un matin, quelques jours après la Pentecôte, le téléphone a sonné. « C'est Lucie. » J'ai répété bêtement son nom, elle a dit :

— Je voulais vous demander pardon...

Je n'en revenais pas, elle a enchaîné :

— Je suis désolée... Je ne sais pas ce qui m'a pris...

J'étais muette au bout du fil, elle a répété plusieurs fois :

— Pardon, Isabel, je vous demande pardon.

J'ai retrouvé ma voix pour demander si c'était elle, la fille au béret vert, quelques semaines plus tôt. Elle a répondu :

— Oui, c'était moi qui vous ai empêchée de venir, c'était... enfin... Je ne sais pas comment j'ai pu... C'était tellement idiot !

Elle m'a expliqué qu'elle habitait Angoulême, qu'elle montait à Paris régulièrement pour voir son oncle. J'ai demandé, la gorge nouée, des nouvelles de Louis. Elle m'a dit qu'il allait bien. Ensuite, elle a paru hésiter, elle a ajouté :

— Enfin... Ça serait mieux si... Je viens à Paris dans dix jours... Me permettez-vous de venir vous voir ?

C'est comme ça qu'on s'est rencontrées. Sur un éclat et sur un remords.

Aussi parce que nous sommes l'une et l'autre dans le halo de Louis.

J'habite un cinquième étage sans ascenseur, mais j'ai vue sur les toits et même sur un bout du Sacré-Cœur. Le soir de la première visite de Lucie, Marisol était déjà au bain, jouant avec la mousse et se racontant des histoires avec ivresse, on l'entendait à travers la porte. Elle était en pleine mer, océan déchaîné, navire en perdition, vent sifflant dans les vagues. La salle de bains devait être inondée.

J'ai proposé : « Thé ou whisky ? » et Lucie a répondu : « Whisky. »

On a ri des éclats de voix et des bruits de tempête en provenance de la baignoire. J'ai parlé de cette force que me donnait Marisol, de ce naturel, sa présence incroyable aux choses de la vie : « Cette présence qui me manque tant, à moi qui suis sa mère et qui suis censée la lui donner ! » Très vite, j'ai parlé de Louis.

— C'est pareil. J'ai voulu aider quelqu'un que je croyais en difficulté, mais c'est moi qui suis en difficulté alors que lui...

Lucie m'a interrompue :

— Non, vous vous trompez, Louis a besoin de vous voir...

Elle a dit ça. Elle a dit aussi qu'elle s'était comportée comme une idiote, elle avait été la seule personne pour Louis depuis toujours, et là, tout à coup... Elle a ajouté : « Vous ne pouvez pas comprendre. » J'ai cru qu'elle allait pleurer, j'ai répondu si, je comprends. Elle était émouvante, j'ai dit :

— Je suis contente de vous rencontrer.

Lucie a demandé si je savais que son oncle était un truand. Ce mot. J'ai pensé qu'elle me testait, qu'elle voulait voir comment je réagissais. J'ai hésité, puis :

— Je sais. Un peu... Je n'ai jamais cherché à savoir.

Elle est restée pensive un instant, avant de reprendre :

— C'est pas important, ce qu'il a fait. Ce qui compte, c'est que... on est marqués, dans la famille. Ma mère, mon oncle. Je n'ai jamais connu mon père... Je suis la première qui s'en sort.

J'ai allumé une cigarette et demandé si on pouvait se tutoyer. Elle m'a expliqué qu'elle s'occupait d'enfants handicapés. Elle a souri.

— Oui, je sais, c'est pas écrit « bonnes œuvres » sur mon front et toi tu m'as vue en voyou, accompagnée de deux minables… Quand j'y pense… je me sens tellement stupide ! Mais c'est vrai que mon oncle… Depuis qu'il est en taule, il n'a que moi… Enfin, si, maintenant, il a vous, enfin toi… C'est pour ça que je suis venue. Il faut retourner le voir, Isabel !

Soudain, elle a plongé son visage dans ses mains. J'ai eu envie de prendre ces doigts et de les desserrer doucement un à un, mais je ne l'ai pas fait. Elle a murmuré :

— J'ai tellement honte… Je lui ai raconté que vous aviez quitté Paris, que je l'avais appris par quelqu'un, que… que vous étiez retournée avec votre mari…

Là, je n'ai plus bougé du tout, plus rien dit, je voulais savoir comment Lucie savait ça, ma vie d'avant, mon mari, toutes ces choses. Elle a poursuivi :

— Il n'arrête pas de parler de vous… C'est lui qui m'a donné votre nom, après j'ai regardé dans l'annuaire si vous y étiez… J'ai eu de la chance… J'ai honte, si vous saviez à quel point…

Elle a essuyé rageusement une larme. Puis elle a défilé sa vie à elle comme on égrène un CV.

— Pour le reste, oui, j'ai passé mon bac, j'ai fait une formation spécialisée, je voulais m'occuper d'handicapés, je travaille depuis presque deux ans dans ce centre, près d'Angoulême. J'ai cette petite de sept ans, très atteinte, elle s'est attachée à moi. Il paraît que je lui fais du bien. Moi aussi, je me suis attachée… Vous ne comprenez pas ?

Elle a eu l'air inquiet, comme si elle avait trop parlé. J'ai dit :

— Si… Je trouve ça formidable. N'oublie pas de me tutoyer. Un autre verre ?

J'ai ri, un rire franc, clair, qui m'a surprise comme s'il ne venait pas de moi.

— C'est la première fois qu'on me dit que quelqu'un a besoin de moi…

J'ai attendu qu'elle parle encore, mais elle pleurait doucement, répétant : « J'ai tellement honte. » J'ai pris sa main, j'ai osé, cette main qui il y a un instant était crispée sur son visage, qui, à présent, reposait sur le bras du canapé, j'ai osé parce que j'y pensais depuis tout à l'heure. J'ai dit à Lucie que j'avais rarement l'occasion de parler, que je ne le cherchais pas trop, mais que là, j'étais vraiment contente. Je me suis levée, suis allée chercher d'autres glaçons à la cuisine, on s'est resservi un verre de J&B. Elle m'a demandé :

— Et ça te déplaît, de causer ?

— Non… Non, justement, ça ne me déplaît pas…

# 35

Maison centrale de Poissy
*Juin 1995*

*Quand elle est entrée dans le parloir, après ces deux mois d'absence, il était déjà là, il l'attendait, appuyé contre le mur. Ce n'était pas habituel. En général, elle était introduite la première. Il n'était pas rasé, une barbe naissante ombrait son menton, accentuant deux sillons d'amertume plus foncés de part et d'autre de la bouche.*

*Il est allé vers elle, a pris ses deux mains dans les siennes. Elle s'est immobilisée un instant et il l'a conduite vers la chaise, comme on conduit une dame, en la tenant fermement par la main.*

*— J'ai pensé que je ne vous reverrais plus.*

*Elle tremble. Reprend, comme pour s'excuser :*

*— C'est Lucie… Elle… elle vous a expliqué… ?*

*— Oui, elle m'a dit, je lui ai passé un savon…*

*Il ajoute, plus bas :*

*— J'ai eu si peur que vous ne reveniez pas.*

*Elle murmure :*

*— Il ne faut pas…*

*Ensuite, elle sort son carnet et il sait que de ce côté-là, rien n'est changé, ils sont là l'un pour l'autre. Entre eux deux, il y a le carnet, comme un témoin. Comme le foulard des jeux collectifs d'enfants. Celui qu'on se passe pour dire : « C'est moi qui l'ai. » La parole. On est obligé de s'écouter. C'est pour cette raison que ça continue quand Isabel retrouve confiance et qu'elle veut bien donner de la voix. C'est ça, entre eux, il y a ce carnet-témoin, ce carnet-foulard qui est devenu très précieux.*

*Louis dit : « Il faudra le garder, après. » Isabel répète « après » et lui, il sourit, n'ajoute rien.*

*Et comme souvent, comme avant, le temps est long pour se retrouver. On se tait, les mots se bousculent, on ne les dit pas de peur de passer à côté de quelque chose d'essentiel, quelque chose que seul préserve le silence, comme une couvade précieuse. Et il faut cette couvade pour pouvoir se retrouver peut-être, même pas sûr, alors qu'au mur la grande aiguille avance avec ce rythme autonome et impitoyable de l'horloge. C'est violent.*

*Il le remarque, un peu amer :*

*— C'est ça qui est terrible avec le parloir, ça finit toujours trop vite, on n'a le temps de rien… Et moi je suis comme un gosse qui veut encore du dessert.*

# 36

Paris
*Automne 1995*

En juillet dernier, Lucie est revenue me voir deux dimanches de suite, depuis Angoulême. Nous étions convenues qu'elle prendrait ses congés en août, lorsque nous serions, Marisol et moi, en vacances en Bretagne, pour que Louis ne reste pas de longues semaines sans visites. Je lui ai proposé d'habiter chez nous durant ce mois d'août.

Je voulais qu'elle me parle, elle le faisait volontiers. Il y avait dans sa vie quelque chose d'obscur et de douloureux. Nous avions le même âge et, *a priori*, c'était elle la vigoureuse, la battante, moi la perdue, la fragile. Mais autre chose s'était instauré, presque impalpable, parce que dans cette nouveauté-là il y avait Louis, et que Louis était enfermé. Une confiance singulière, délicate, s'est installée entre nous. Cette fille directe et gracieuse me faisait naître à une humanité inconnue, plus large et plus heureuse.

Au fil de nos conversations, Lucie a levé le voile sur de grands pans de sa vie, c'est-à-dire sur celle de Louis. Elle avait neuf ans quand elle a connu son oncle. Elle allait le voir à la prison Saint-Paul, à Lyon, avec sa mère. Elles habitaient Rillieux-la-Pape, le trajet était interminable et la prison sinistre. Ses premiers souvenirs avec lui : des souvenirs de parloir et d'une odeur de soupe qui lui retournait le cœur. Les visites étaient courtes, la petite s'asseyait en silence et dévorait des yeux cet oncle dont la voix grave l'impressionnait presque autant que le lieu. Après, il s'est évadé. Il leur rendait visite de nuit, clandestinement. Puis peu à peu, il s'est moins caché. Il devait penser qu'on ne le retrouverait pas. En tout cas, quand Lucie avait treize ans, il venait la chercher à la cité, l'emmenait au cinéma, elle ne savait pas où il habitait, mais c'était vraiment lui, l'homme de la maison. Il veillait à ce qu'elle fasse ses devoirs et attrapait sa mère s'il lui arrivait de sécher les cours. C'était important pour lui, que Lucie fréquente l'école. Pour ses quatorze ans, il lui a offert un bracelet coûteux en lui interdisant de le montrer à sa mère qui l'aurait revendu directement. C'est quand il est retourné en prison, un an plus tard, que Lucie a compris, pour le bracelet. Louis était incarcéré à Dijon, cette fois, où il avait été repris après un braquage de bijouterie qui avait mal tourné. Pendant quatre ans, elle est allée le voir tous les mois. Jusqu'à sa libération, en 1984. Cette année-là, elle avait un petit ami, elle vivait à moitié dans des squats. Elle a moins vu Louis, il désapprouvait sa vie et n'aimait pas son copain.

Lucie a été bouleversée d'apprendre mon existence ; pendant des mois, il ne lui avait pas parlé de mes visites. Et puis un jour, oui. Ses yeux à lui ont tellement brillé, elle raconte, ce jour où il lui a parlé de moi, qu'elle a eu mal tout de suite. Tout de suite elle a voulu que je disparaisse.

Ce n'était pas de la jalousie, pas vraiment, on ne peut pas dire ça. C'était la première fois qu'elle le voyait s'intéresser à une femme.

Elle a pensé à m'éliminer. Elle l'a prononcé très calmement, le mot, « éliminer », très sérieusement, avant d'ajouter :

— La suite, tu la connais, on l'a faite ensemble. Je te raconte pas…

Lucie a vraiment retrouvé Louis quand il est retombé, il y a cinq ans. Il a repris ses études. Il a passé son bac en prison, il s'est mis à la philo, il a toujours dit que la prison, ça lui avait apporté ça, la lecture, et de penser. Elle s'est rangée, aussi, « en même temps que lui », l'idée lui plaît. Elle a suivi cette formation avec les enfants handicapés, a rencontré Marie-Pierre. Elle le dit comme ça, « rencontré ».

— Tu connais l'histoire de Raoul Lemaître, Louis te l'a racontée… La fuite de Narcisse, mon grand-père… Hénin-Liétart, la persécution des gens de là-bas… Ils avaient eu ma mère en 1939. Narcisse, il passait ses journées au bistrot à ressasser l'histoire de son père et, un jour, un patron de bar lui a mis en tête l'idée qu'il fallait réviser le procès. Il n'avait pas les moyens, ni financiers ni le reste, mais il en est devenu à moitié fou. Il parlait plus que de ça, il ne dessaoulait plus, il faisait des crises de démence qui se terminaient avec la camisole de force. Louis est né en 1947. Il n'a connu son père qu'alcoolisé, violent, presque clochard. Il faut pas lui en parler… La même année ma grand-mère a perdu son emploi à la filature et après, elle servait dans un restaurant de routiers. Ma mère, c'était dur, je ne sais pas, je crois que c'était une période terrible, elle n'en parle pas et mon oncle non plus.

Après, c'est la naissance de Lucie, une enfance « difficile », elle ne s'étend pas davantage. Le jour où elle a évoqué cette vie-là, j'ai eu l'impression d'être privilégiée. En même temps, j'ai pensé que Lucie et moi, on s'était trouvées. On était nées la même année, 1969, sous des étoiles différentes. J'avais envie de me confier à quelqu'un, je veux dire, vraiment.

Je lui ai parlé de Marisol, de mon enfant presque de hasard qui me tenait pourtant si fortement, elle m'a parlé de Marie-Pierre, de sa petite oiselle tombée du nid et qui, étrangement, la tenait, elle aussi.

Ce soir de juillet, après la conversation avec Lucie, j'avais plus que jamais besoin de revoir Violette. Nous sommes parties pour Brest trois jours plus tard.

## 37

Maison centrale de Poissy
*Juillet 1995*

*Louis est sorti étrangement affaibli de ces semaines d'absence. Il a maigri. Elle ne l'a pas remarqué la fois précédente, mais ses joues se sont creusées. Isabel n'a pu réprimer une pointe de secret contentement à l'idée qu'elle lui a manqué. Il paraît moins soigné. Un léger laisser-aller, à moins que ce ne soit la veste qui paraît grande à cause de la perte de poids. Les traits sont hâves, comme la dernière fois il ne s'est pas rasé depuis quelques jours et aujourd'hui, elle note cette tache blanchie à gauche du menton. Elle pense que ça lui va bien, lui dit qu'elle le trouve différent. Il dit :*

*— Vous aussi. Vous n'avez pas encore sorti votre carnet.*

*Elle sourit.*

*— Depuis que j'ai rencontré Lucie, je m'en sers moins.*

*Il fronce les sourcils.*

*— Vous vous voyez… souvent ?*

*— Oui. (Elle a un petit rire.) Nous parlons beaucoup…*

*— Il ne faut pas emmerder Lucie avec mes problèmes. Elle a sa vie à faire…*

*— Lucie en sait plus que vous ne pensez. Il s'agit de sa famille, après tout…*

*Il prend brusquement cet air préoccupé qui creuse une ride franche entre ses yeux, ça l'émeut, depuis toutes ces semaines, elle avait oublié ce sillon de lion.*

*Mais lui, d'un coup, devient cassant.*

*— Cela ne me fait pas plaisir que vous vous fréquentiez. Je n'aime pas mélanger les genres.*

*Louis a toujours caché à Lucie la période sombre qui a entouré sa naissance. La prostitution de sa mère, l'identité de son père biologique, le souteneur. Il a conditionné son aide à sa sœur Aline au secret le plus absolu sur cette période. Lucie devait grandir innocente de ce passé honteux. Il poursuit d'un ton rude :*

*— Ce n'est pas vous que je veux protéger. C'est elle.*

*— Lucie connaît l'histoire de sa famille depuis longtemps, par votre sœur.*

*— Quelle histoire ?*

*Il a appuyé sur « quelle » comme on donne un coup de poing.*

*— Mais… celle de votre grand-père, Raoul Lemaître, l'accusation, le procès, Cayenne, tout ce que vous m'avez raconté… Vous-même, vous ne m'avez jamais caché… Enfin… Lucie connaît tout ça, c'est normal…*

*Elle a peur d'avoir fait une gaffe, que Louis se mette en colère, la congédie peut-être. Elle ajoute, d'une toute petite voix :*

*— Enfin, je crois… Je ne sais pas… Il me semblait…*

*Mais il s'est redressé et à présent il la regarde, comme interdit et soulagé, et tout son visage s'est modifié.*

*— Ah…*

*Ses traits se sont détendus, ses épaules sont retombées. Il esquisse un sourire.*

*— Vous vouliez parler de l'affaire de Raoul Lemaître... ?*

*— Oui, je pensais...*

*— Pardon, alors, pardon, Isabel, je... Voyez-vous, il y a dans la vie de Lucie des choses qu'elle ne doit pas savoir. Cela concerne sa mère. J'ai interdit à ma sœur de lui en parler. Mais avec elle... Enfin... j'ai eu tout à coup peur que la petite ait appris... Comme vous l'avez compris, ma sœur Aline s'est prostituée. Elle a eu Lucie avec son maquereau. Une ordure...*

*Il a un brusque mouvement de mâchoire qui n'échappe pas à Isabel.*

*— Voilà, vous savez tout. Et maintenant, vous êtes dans le secret. Puisque vous connaissez Lucie...*

*En sortant, elle pense que non, justement. Non, elle ne sait pas tout.*

# 38

Paris
*Automne 1995*

Il y a quelques mois, dans ce bouillonnement d'événements nouveaux, je n'y avais pas pensé. Seulement maintenant, après coup. À quel point je ne me reconnaissais plus. Par instants, j'avais l'impression de me dédoubler. Je parlais avec Lucie et il me semblait être une autre. C'était étrange, de changer ainsi de tempo, presque de nature, sans transition, en quelques semaines à peine. Ces semaines de cauchemar où j'avais pensé que tout était fini, la vie, cet homme, la prison. Ça s'était produit au début de l'été, la chaleur arrivait, les corps se mettaient à vivre. Ce changement de moi se confondait avec le glissement de la saison.

C'était comme une existence qui se serait emballée. Un récit de vie qui ne m'appartenait pas et dont je me sentais pourtant responsable. Le débit de l'histoire s'était soudain accéléré. La raison du changement, je n'aurais pas su dire à quel événement exact elle était due. Un truc obscur, viscéral et très simple. Un muscle cardiaque qui redémarre après une impulsion électrique.

Je suis allée chez le coiffeur, je ne le faisais jamais avant, j'avais la même coupe mi-longue, informe, depuis des années. Je lui ai demandé de me couper les cheveux très courts, presque comme un garçon. Je me suis regardée dans la glace, cette nouvelle personne me convenait.

Le lendemain soir, Lucie venait dîner chez nous, c'était la troisième fois depuis notre rencontre. À la fin de la soirée, elle m'a dit :

— Ta coupe est parfaite, elle va avec ta nouvelle voix…

Elle a dit qu'avec les cheveux plus courts, je parlais plus clair.

C'était comme si mon corps s'était réveillé. Je le sentais vivre, battre, pulser, prendre part à la vie extérieure, soudain j'avais terriblement envie de la susciter, cette vie, de l'organiser et de la conduire.

Ce soir-là, au hasard de la conversation, Lucie a évoqué sa petite protégée, elle a dit son nom, Marie-Pierre Falques, et je me suis rendu compte que je ne connaissais pas celui de Lucie.

— Lemaître. Enfin, sur l'état civil Jusquin-Lemaître. Jusquin, c'était mon père, il est mort quand j'étais toute petite, je ne m'en souviens pas. C'est Louis qui a voulu que je porte aussi le nom, lui qui a fait toutes les démarches.

Lucie a dit « le » nom. Comme si c'était le seul. Et Isabel pense qu'elle aussi porte un double patronyme, Vilalta d'Ussel, dont le premier est celui d'une mère qu'elle n'a jamais connue.

Ce soir-là, nous nous sommes fait l'une à l'autre une promesse : faire sortir Louis de prison. Coûte que coûte. Il n'avait que nous. C'est cela désormais qui cimentait l'amitié forte et nouvelle. Obtenir une libération conditionnelle anticipée.

***

Lors du deuxième parloir, Louis m'avait dit :

— Vous me faites penser à une expérience de chimie : un corps qui entre en fusion au contact d'un liquide.

J'avais éclaté de rire.

— On appelle ça un « précipité », c'est ça ?

Il m'avait regardée en fermant à moitié les yeux, l'air mi-amusé, mi-inquiet, avant de hocher la tête sans répondre.

J'avais dit que j'avais changé, et c'était sans doute vrai, de l'extérieur. C'est-à-dire de l'extérieur de ma vie. Pour moi, ce n'était pas aussi évident. Quand j'y pensais, c'était laborieux, au contraire. Une suite de minuscules mouvements qu'il s'agissait de maintenir bout à bout. Un enchaînement de tournants en épingles à cheveux, des petits états sans consistance, animés par rien de la volonté, rien de l'énergie, rien de la détermination qui fait les grands caractères. J'ai essayé d'expliquer ça à Louis. J'ai dit qu'au fond, c'était peut-être ça la volonté de vivre, quelque chose qui échappe à la volonté tout court. Et ça, c'est vrai, c'était nouveau et surprenant.

Surprenant de penser que les choses se font malgré soi, en dépit de notre formidable capacité de les empêcher d'advenir. Tous ces efforts que nous fournissons pour être entravés et qui d'un coup tombent à l'eau parce que quelque chose est arrivé, ou que l'on est arrivé quelque part, sans le savoir. Le point d'arrivée, c'est cette prison avec ses couloirs sans fin et ses surveillants en bleu marine avec la bande « Administration pénitentiaire » sur la poitrine.

La prison dont il faut sortir à tout prix, maintenant, et faire sortir Louis, nom de Dieu. Parfois, j'ai envie de l'engueuler tellement je suis en colère de le voir si ratatiné et si faible à côté de moi. C'est vrai, on dirait qu'il a rapetissé.

Tout de même, quelque chose me retient, en face de lui je n'ose pas élever la voix, comme dans une église.

## 39

Poullic
*Toussaint 1995*

J'avais demandé à Jean-Luc de me ramener Marisol avant la fin du mois de juillet, pour éviter la horde des départs en vacances. Le 6 août, c'est l'anniversaire de Marisol, six ans, nous avions prévu de le passer chez Violette. Marisol le voulait. Poullic est devenu, pour elle comme pour moi, notre « chez-nous », sans doute parce que, pour la première fois de ma vie, je me suis sentie bien quelque part et que ma petite l'a deviné.

Nous sommes arrivées le 28, ça a été une vraie joie. Dans le car, on a chanté, Violette est venue nous chercher à l'arrêt, Marisol l'a vue de loin la première, elle a crié « Violette ! Violette ! », elle ne se tenait plus de gaieté, sautant sur les banquettes pour apercevoir Violette dont l'imperméable beige flottait au vent, le fichu rouge avec le plastique à pluie noué par-dessus parce que le ciel virait à l'orage. Elle nous a accueillies à hauteur du marchepied, toute collée à la cabine pour attraper Marisol dans ses bras, elle était si contente ! J'ai deviné qu'elle était allée chez le coiffeur pour notre arrivée, il y avait la mise en plis et le reflet violet de la teinture sur ses cheveux blancs se devinait à travers le plastique. La pluie commençait à tomber. Marisol sautillait tout autour de nous comme une petite chèvre, babillant sans arrêt, la 4L était encore en panne, Violette a dit : « Elle est foutue, quand j'aurai les sous, il faudra en racheter une. » J'ai dit : « On pourrait l'acheter à deux. » Violette a répondu : « Venez vite, j'ai fait du far aux pruneaux. » On a dû courir jusqu'à la maison, le nuage avait crevé et un déluge s'est abattu sur nous.

On s'est installées pour quinze jours de vent, de pluie et de soleil, j'ai poursuivi le récit de cette chronique étrange de mes parloirs avec Louis. Depuis notre arrivée ici, je crois avoir été parfaitement heureuse pour la première fois de ma vie. Tête légère, sommeil de plomb, l'esprit comme un ciel d'été. Jusqu'à cette conversation avec Violette, il y a quelques jours.

— Dis donc, ton type…

— Louis.

— Si tu veux, bon… Ton Louis, il y est pour quoi, en vrai, en prison ? Tu le sais ? Je veux dire, vraiment ?

— Non. Enfin… Pas « vraiment ». Hold-up, évasion, braquage, je sais ça… Le reste, je veux dire le détail, je sais pas. Je m'en fiche, à vrai dire.

— Ça ne t'intéresse pas ?

— Non.

— Tu n'es pas banale, toi, alors !

— Ça ne me regarde pas et non, ça ne m'intéresse pas. Ce qui m'intéresse, c'est que Louis sorte de là.

— Hmm… Il n'a pas tué, au moins ?

— Non. Bien sûr que non.

— Tu en es sûre ?

— Oui.

— Et tu crois que tu te serais attachée de la même façon à lui s'il y avait eu mort d'homme ?

— Non… Oui… Je ne sais pas… Pourquoi tu me poses toutes ces questions, à la fin ?

— Un homme qui à presque cinquante ans a passé plus de la moitié de sa vie en prison, la question se pose forcément.

Je me suis levée de table, je ne voulais pas entendre les sous-entendus de Violette. J'ai empilé les trois assiettes et me suis mise à faire la vaisselle.

— Désolée de te dire ça, Violette, mais tu parles de quelqu'un que tu ne connais pas… Tu ne comprends pas, tu ne peux pas comprendre, je pensais…

Je n'avais pas envie d'expliquer. J'ai passé l'éponge sur la toile cirée. Je me sentais fragile et malheureuse. J'ai dit :

— Ça me fait de la peine, Violette, que tu ne comprennes pas…

Violette n'a pas bougé, elle a gardé le même doux sourire.

— Ce que j'ai dit ne change rien au fait que je comprends qu'il y a quelque chose entre toi et cet homme.

Je me suis mise à pleurer, c'est venu d'un coup. Je ne sais pas pourquoi. Un sanglot comme une lame de fond est monté de ma poitrine. J'ai essayé de parler, je cherchais mes mots. Je crois que j'ai crié.

— Violette !… Écoute, la vérité, c'est que si j'avais eu… si j'avais le moindre doute, je ne serais pas ici à te parler de lui. Le crime de sang, c'est ma ligne rouge, tu comprends ? Je ne pourrais pas, cette frontière, c'est… c'est la frontière… Je ne pourrais pas !

Violette s'est levée, elle est venue derrière moi, a mis son bras autour de mon épaule. J'ai hoqueté :

— Je n'ai jamais demandé, mais je le sais, Violette, je le sais… Je le crois, j'en suis certaine. Louis n'a tué personne. Il n'a pas de sang sur les mains. Si c'était le cas, je le saurais… Je le sais.

J'ai ajouté, d'une voix presque inaudible :

— Et je crois… je crois que je n'irais plus si… si…

Violette me caressait les cheveux, elle répétait :

— Voyons, il faut pas te mettre dans cet état !

Quand les larmes ont cessé, j'ai dit :

— Tu dois me croire… Violette, j'ai besoin que tu me croies.

Violette n'a rien dit, simplement elle m'a relevée, m'a prise dans ses bras et a continué à me caresser les cheveux, comme pour apaiser un chagrin d'enfant.

Nous sommes restées comme ça, longuement, serrées l'une contre l'autre.

## 40

Maison centrale de Poissy
*Septembre 1995*

*Aujourd'hui, elle a mis une robe, ça lui arrive rarement, une robe, des collants et des bottines. Elle n'a pas l'habitude de montrer ses jambes. Elle s'est longuement regardée dans le miroir avant de partir, s'est demandé si c'était bien elle, ces jambes trop maigres, a été sur le point de remettre son jean, a décidé de garder la robe. C'est lui qui a demandé, l'autre jour : « Vous ne montrez jamais vos jambes ? » Elle a fait l'affranchie, c'est comme ça, je suis une fille en jean et en baskets, s'est pourtant sentie piquée dans sa féminité. Pour rien au monde elle ne l'admettrait, mais la robe, les collants, les bottines, c'est pour lui.*

*Ils sont assis l'un en face de l'autre, elle a croisé ses jambes, il les regarde et il sourit en silence. Ça la fait rougir. Elle se détourne légèrement pour ne pas accrocher son regard.*

*Il dit :*

*— J'aime que vous soyez là, cela me rend heureux. Et cela me suffit. Dehors, je devenais fou. C'était un champ de mines.*

*Je pouvais exploser à chaque pas. Chaque discussion, chaque échange de mots était une bombe en puissance. La rue était une menace… surtout en cavale !*

*Il rit. Elle relève les yeux vers lui :*

*— Pourquoi vous ne racontez jamais ?*

*— Parce que vous ne m'avez jamais demandé.*

*— Avant, je ne voulais pas vraiment savoir. Maintenant, oui.*

*— Savoir quoi ?*

*— Ce que vous voulez. La cavale. Pourquoi nous sommes là, dans ce parloir…*

*— Vous voulez dire pourquoi « je » suis là.*

*— Oui, c'est cela… Enfin… Une seule chose…*

*Elle se tait comme on ferme une porte. Il dit « Laquelle ? », mais elle ne va pas la dire, cette chose-là, il le sait tout de suite, elle a repris son air buté d'autrefois, elle ne va plus parler. Il esquisse un sourire, fait le petit geste du menton vers son sac et elle sort le carnet.*

*Elle écrit longuement, sans relever la tête. Quand elle a fini, elle hésite, stylo-bille en l'air, sans le regarder. Elle déchire la page d'un geste vif, en fait une boule et la glisse dans sa poche. Il demande :*

*— Pourquoi ?*

*Elle se penche de nouveau, écrit encore, très vite cette fois, écrit comme on se jette à l'eau et pousse le carnet devant lui :*

Est-ce que vous avez déjà tué ?

*Il secoue la tête.*

*— Non, désolé, ou non rassurez-vous, je n'ai pas de sang sur les mains.*

*Et il ouvre grand ses deux mains pour elle, comme en une offrande. Elle fixe un instant le renflement à la naissance du pouce, la profonde entaille de vie qui barre la paume. Et il ferme le carnet, dit d'une voix ferme :*

*— J'avais besoin de savoir.*

*— C'est tout ?*

*— Aussi… Pourquoi la cavale ? Pourquoi vous êtes pas resté en cavale… Pourquoi vous vous êtes fait reprendre ?*

*— Ça, c'est une question…*

*Il réfléchit un bon moment.*

*— C'est compliqué, une cavale, il faut être mûr. En fait de « mûr », c'étaient des murs qu'il me fallait… Pour que je trouve la paix, il me fallait un emploi du temps, une bouffe insipide, un décervelage organisé auquel résister. L'univers carcéral, quoi… Il fallait me mettre à l'abri. Je me suis mis à l'ombre moi-même. J'avais besoin de me protéger… Le problème, c'est que je m'ennuie, maintenant. Les mots croisés, ça va un temps… La prison, ce n'est pas vraiment une solution.*

*Elle l'écoute, le menton dans la main.*

*— Vous savez, j'ai l'impression d'être né en prison. J'y suis entré à vingt-deux ans… vingt, même, si on compte les gardes à vue. Avant, c'est flou. Les galères, la fuite, la rue, les casses avec des gars minables, puis tout seul. Et puis le dernier… Mon passé, ce sont des dates. Première arrestation, 3 janvier 1968, premier procès, 13 septembre 1968. Deux ans de taule. Deuxième arrestation, 31 mai 1975, deuxième procès, 25 novembre, cinq ans. Troisième arrestation, 5 février 1981, première cavale, 15 mai 1981. Les périodes de liberté, je sais plus de quoi elles sont faites. Je ne rêve que de cela, mais c'est comme un récipient percé, même les rêves ne peuvent pas me désaltérer. J'ai perdu le goût de l'eau.*

*Alors, ses yeux à elle se remplissent de larmes, et lui, il ne voit rien. Ensuite, il continue à parler comme s'il était seul.*

# 41

Paris
*Hiver 1995*

Après les parloirs, Lucie et moi nous donnons souvent rendez-vous au Nemrod, un café tabac derrière la gare Saint-Lazare. Quand Lucie passe la nuit à Paris, on se retrouve chez moi, rue d'Amsterdam. On parle de Louis, de la vie à venir quand il sortira. Il faut obtenir une libération anticipée, c'est possible, c'est devenu notre but et l'unique sujet de nos conversations.

La semaine dernière, on s'est amusées à imaginer des projets de vacances, au conditionnel, comme les histoires que se racontent les enfants, il y aurait les petites, Marisol, Marie-Pierre, on louerait une maison au bord de la mer, en Bretagne, peut-être, non loin de Violette, Lucie et Louis rencontreraient Violette. Très vite, on est passé du conditionnel au futur simple, Louis trouvera un travail, il fera une formation. Peut-être même de journaliste, il écrit magnifiquement. Je ne pouvais pas ne pas parler au présent. Un jour, j'ai dit

« Louis a de l'or entre les mains ». Lucie a éclaté de rire, je n'avais vraiment pas voulu faire un mauvais jeu de mots.

La conditionnelle, on y croit, Lucie et moi. C'est raisonnablement envisageable. Louis n'a pas été condamné pour homicide, il a effectué la moitié de sa peine, il a fait des études en prison, c'est un détenu modèle, Lucie, sa seule famille, a un travail, un salaire, elle peut l'héberger le temps nécessaire à sa réinsertion.

J'ai repris contact avec Jean-Luc, mon ex-mari, pour connaître les démarches susceptibles d'accélérer le processus. Pas évident. J'ai deviné par Marisol qu'il y avait désormais une « dame très gentille » dans la vie de Jean-Luc, je ne suis plus la petite chose fragile qu'il a connue, et en composant son numéro, j'ai pensé que très possiblement il m'enverrait balader. Il ne l'a pas fait. Il m'a écoutée attentivement, s'est montré coopératif et s'est offert à rédiger un modèle de lettre à l'attention du juge d'application des peines, tout en me conseillant de tenter d'obtenir moi-même un rendez-vous pour plaider la cause de Louis.

Le juge a semblé surpris de ma démarche, m'a demandé qui j'étais pour le détenu. Je n'ai pas perdu contenance. J'ai répondu tranquillement « sa compagne », j'avais préparé cette réponse, mais je me suis étonnée moi-même en m'entendant l'affirmer à voix haute. En revanche, quand il m'a rappelé le chef d'accusation de récidive, puis d'évasion avec « prise d'otages accompagnée de violences », j'ai rougi brusquement, j'ignorais les derniers faits que mentionnait ce monsieur. Je me suis vaguement sentie en porte-à-faux, sans vraiment savoir avec qui : le juge ? Louis ? Moi-même ?

Je suis sortie avec le sentiment que le JAP, comme on l'appelle, n'était pas totalement hostile. Et ce sentiment m'a donné des ailes.

De son côté. Lucie s'est bravement employée à convaincre son oncle. La conditionnelle, il faut qu'il la veuille, lui aussi. De toutes ses forces. Je ne sais pas comment, à quels signes, mais j'ai tout de suite senti que ce n'était pas gagné. Et que je n'étais pas la mieux placée pour remporter cette manche. Après notre rencontre, Lucie s'est mise à aborder le sujet à chaque parloir.

Par définition, il y a des conditions à remplir. Lucie travaille pour ça depuis ses vingt ans. Sa mère a filé au soleil il y a déjà plusieurs années avec un énième mari, quelque part vers Palavas-les-Flots. Louis l'a aidée toute sa vie, quand il était dehors, c'était sa sœur, peu importait d'où venait l'argent, il l'a renflouée chaque mois pour élever Lucie. Mais en taule, Aline est venue le visiter trois fois, à Lyon parce qu'elle habitait Rillieux-la-Pape, ce n'était pas trop loin. La prison Saint-Paul était réputée pour être l'une des plus vétustes de France et, la troisième fois, elle a décrété que la prison c'était trop moche, elle ne voulait pas traumatiser la petite, elles ne reviendraient pas. Après, Louis s'est cavalé. Plus tard, quand il a été repris et transféré en centrale, à Dijon d'abord, puis à Poissy, elle n'a jamais fait le déplacement. Trop loin, trop cher.

Depuis deux ans, Lucie tient ferme son emploi avec comme horizon le jour où elle pourra fournir la preuve que Louis a une famille prête à le soutenir. Elle se sent Lemaître jusqu'au bout des ongles, Lucie, bien que s'appelant Jusquin. Jusquin-Lemaître, je ne sais comment Louis a réussi à modifier son état civil à la mort du père. Lucie voue une admiration totale à son oncle. Si curieux que cela puisse paraître, elle se sent l'héritière morale de Louis. Curieux, ça ne l'est pas pour moi. Une évidence, au contraire, dès notre première rencontre.

Je ne suis pas sûre que la philosophie, qu'il a choisi d'étudier en prison après avoir obtenu son bac, soit la meilleure voie pour trouver des débouchés à la sortie, à vrai dire, je ne vois pas quel genre d'emploi pourrait lui convenir. Louis est trop indépendant pour être l'employé de qui que ce soit. Un jour, j'ai dit à Lucie « journaliste », il a une vision si affûtée des choses de la vie, et puis il écrit si bien. Elle pensait plutôt garagiste, il l'a fait dans sa jeunesse et il aimait bien bricoler les bagnoles, couché dessous, les mains dans le cambouis, à ne parler à personne.

Tout ça, je le sais. Il me l'a raconté. Je sais aussi que, depuis des années, Lucie fait tout ce qui est humainement possible pour que son oncle obtienne le fameux sésame de la conditionnelle. Les études, la formation spécialisée lui assurant un emploi, le petit deux-pièces loué à Angoulême, « dans un an je prends un T3 ». Avec deux chambres. Il faut que ça mène quelque part, tout ça.

L'avenir immédiat de Lucie, c'est Louis à l'air libre. En la rencontrant, c'est ce que j'ai compris. C'est aussi vers cet horizon que j'ai voulu aller.

## 42

Maison centrale de Poissy
*Novembre 1995*

*Parfois encore, le silence lui revient. La sensation que parler, ce serait lâcher quelque chose de précieux, comme le temps, ou la jeunesse, ou le souffle vital.*

*C'est lui qui le dit, aujourd'hui où elle se tait, ça faisait longtemps à ce point, il demande :*

*— Qu'est-ce que vous avez à perdre, à parler ?*

*Elle dit :*

*— Rien. Tout. Je ne sais pas.*

*Et comme elle a ce petit sourire impuissant qu'il connaît bien maintenant, il ajoute :*

*— Moi, j'ai appris en prison. Que cela vaut le coup de parler. C'est-à-dire, depuis que j'ai envie de parler avec vous. Avant… moi aussi j'étais un taiseux. Je faisais marcher ma tête, mes jambes, mes poings. Je ne disais rien. Après j'ai lu. Maintenant, j'ai envie de parler avec vous. Cela peut être aussi*

*ne rien dire et rester là. Pour garder ces moments que nous partageons. Moi aussi, il m'a fallu apprendre, vous voyez ?*

*Elle sourit.*

*— Oui, je vois…*

*— Parfois, le soir, il me prend l'envie de téléphoner au Bon Dieu… Mais ici je n'ai pas le téléphone. Lui non plus d'ailleurs…*

*— Vous y croyez ? À Dieu ?*

*— Pas vraiment ! (Il rit.) Je suis sûr qu'il existe, mais je n'y crois pas.*

*— Moi, je voudrais bien y croire. Quand j'avais cinq ans, ma grand-mère m'a fait baptiser, elle l'a fait vite avant que mon père ne me reprenne.*

*Il la regarde, l'air étonné :*

*— C'est la première fois que vous me parlez de votre père.*

*Elle n'ajoute rien et il n'insiste pas. Puis il dit, comme pour lui-même :*

*— Le drame de la vie, c'est qu'il peut ne rien se passer. Il peut aussi se passer des choses essentielles qu'on ne remarque pas.*

*Silence. Et puis, elle :*

*— Oui, mais quand on est jeune…*

*Il y a une brusque timidité dans sa voix. Elle laisse en suspens. Il reprend doucement :*

*— Quand on est jeune… ?*

*Elle réfléchit longuement, le menton calé dans son poing.*

*— Quand on est jeune, on pense qu'on a le temps… On pense que le temps qui passe, c'est un truc de vieux.*

*— On ne vieillit pas, Isabel, je vous l'apprends aujourd'hui. Les années passant, beaucoup de gens et de choses finissent par vous apparaître si comiques et dérisoires que vous leur jetez un regard d'enfant.*

*— Vous pensez vraiment que le temps qui passe, cela ne veut rien dire ?*

*— Non, pas du tout, je ne dis pas cela. Mais il ne faut pas attendre de l'avoir perdu pour s'en lamenter.*

# 43

Paris
*Été 1996*

Tout a basculé en décembre dernier, au début du mois. Lucie arrivait d'Angoulême. Elle avait réussi à cumuler ses congés. Nous devions nous occuper de l'affaire de Louis et passer le jour de Noël ensemble.

Depuis quelque temps, Louis semblait curieusement absent lors des parloirs. La première fois qu'il s'est dérobé au moment où j'abordais le sujet de la conditionnelle, j'ai pris ce mouvement pour de la mauvaise humeur. Ça lui arrivait. Ce jour-là, il avait mal dormi et avait eu « de mauvaises pensées », m'avait-il dit. Il s'est énervé contre le surveillant qui faisait du zèle, ne cessait de nous regarder par l'œilleton et restait là un long moment comme pour surprendre notre conversation. J'ai parlé d'une demande de conditionnelle et il a ostensiblement changé de sujet, s'irritant contre l'administration. La veille, on lui avait confisqué la serviette de bains que je lui avais apportée à la dernière visite, jugée « non conforme » parce que trop grande. « Ces connards croient que je vais me pendre avec un bout d'éponge ! »

D'une visite à l'autre, la chose se répétait. Il est devenu de plus en plus réticent à évoquer sa libération. Depuis que la fameuse conditionnelle était passée de l'éventualité à la possibilité, on aurait dit qu'il faisait machine arrière.

J'étais déroutée, sans vraiment mettre le doigt sur le problème. C'est Lucie qui l'a pointé la première. De retour d'un parloir, elle a lancé :

— Dis donc, il faudrait qu'il y mette un peu du sien, le tonton !

J'étais en train de faire des collages avec Marisol, Lucie s'est affalée sur le canapé.

— Si ça continue, il va avoir notre peau ! Voilà qu'il refuse de me donner le nom de son avocat pour faire la demande. Je ne sais pas ce qui lui prend. Humeur de dogue… Parloir pourri… Tu auras peut-être plus de chance…

Elle a allumé une cigarette, s'est relevée d'un bond pour aller fumer à la fenêtre. Elle aussi était d'une humeur de chien.

Au début, ce n'était que de la mauvaise volonté. Il changeait délibérément de sujet dès qu'on faisait mine de l'aborder. Et puis il s'est buté. Certains mots et expressions le hérissaient carrément, « levée d'écrou », « conditionnelle », « conseiller pénitentiaire d'insertion ». Il est devenu mauvais, cassant.

Il s'est mis à avoir des colères blanches. Brusquement, il ne supportait plus de rester assis, il marchait de long en large dans les 6 m$^2$ du parloir, en éructant des paroles inintelligibles mêlées de jurons. Ou alors il se mettait à taper sur la table du plat de la main, en disant des choses que je ne comprenais pas. Un jour, il a hurlé :

— Il ne sera pas dit que Louis Lemaître aura graissé la patte à la société !

Je le regardais, effrayée. Il recommençait, comme si je n'étais pas là, jusqu'à ce qu'un surveillant ouvre la porte.

— C'est bon, Lemaître, t'arrête tout de suite !

Il se taisait, et tout son corps retombait, devenait inerte. Il me dévisageait en silence, avec le regard en dessous d'un animal traqué.

Lucie assistait avec désespoir et exaspération à ce recul inexplicable. Alors qu'on était dans une dynamique qui semblait sur le point de porter ses fruits, que la spirale infernale de l'incarcération était près de se dénouer, c'est lui qui y mettait un coup d'arrêt. Les parloirs suivants, ni Lucie ni moi n'avons pu aborder le sujet. Louis s'était retiré en lui-même.

Mi-décembre, il m'a lancé :

— Arrêtez de me parler de conditionnelle, autrement c'est moi qui vais mettre mes conditions !

Il m'a accusée de « vouloir décider de sa vie ». Ce mot, « décider », je l'ai compris. J'ai toujours eu tant de peine à décider de la mienne. Un parloir pénible, lourd et embarrassé des deux côtés. Comme si tout sonnait faux depuis le début. Je comprenais, mais j'étais dévastée.

Je suis restée muette, abasourdie. Louis a semblé se détendre.

— Vous avez compris, n'est-ce pas ? On ne parle plus de levée d'écrou dans ce parloir. On est bien d'accord ?

J'ai souri à demi, hoché un peu la tête. Il a pris mes mains dans les siennes et les a tenues serrées.

— Je suis content, Isabel, très content… Portez-vous bien. Dites à Lucie… Dites-lui, à Lucie, hein… Non, je lui dirai moi-même…

***

Au café Le Plaza, près de la place de Clichy, où l'on s'était donné rendez-vous pour manger une glace après l'école avec Marisol, Lucie était abattue. Louis va tout faire capoter, on n'y arrivera pas. Elle en avait des larmes de rage, contre elle, contre nous deux. Elle-même, l'avant-veille, avait parlé à son oncle de « période probatoire » et de « semi-liberté », l'avait vu, elle aussi, serrer les poings, phalanges blanchies. Elle avait continué pourtant, vaillante, sûre de sa démarche, avait évoqué une « formation professionnelle », et lui, en face, ne disait rien, n'émettait pas un son. Un peu plus tard, elle avait osé le mot « débouchés » et il était sorti de ses gonds.

— C'est les chiottes qu'on débouche !

— Je le savais ! Je m'en doutais… Ça ne cadre pas avec le personnage. On n'aurait jamais dû… Louis est hors norme, tu comprends !

Elle l'a répété plusieurs fois, d'une voix brisée.

Je le savais, ça, que Louis était hors norme. Je lui ai pris la main, comme à une enfant, et l'ai caressée doucement.

Après les larmes est venue la colère. Lucie a ramassé son sac.

— Mais pour qui il nous prend ? On n'est pas des marionnettes ! On se démène dans tous les sens pour le sortir de là, toi tu contactes même ton ex-mari, moi je me mets en congé et lui, au moment où ça bouge, il nous remercie, vous pouvez disposer, j'ai changé d'avis !

Marisol avait laissé fondre sa glace à la vanille dans le cornet, elle en avait jusqu'au cou. J'ai dit :

— Calme-toi, Lucie, c'est sans doute normal…

Elle a sorti une cigarette de son paquet, a craqué allumette sur allumette sans parvenir à en allumer une jusqu'à ce qu'un briquet secourable se tende depuis la table voisine. « Merci, merci… » Elle a tiré de longues bouffées comme on reprend sa respiration.

— Et dire que c'est toi qui me dis de me calmer ! Tu as raison. Mon oncle Louis, quarante-huit ans, est un enfant qui ne veut pas qu'on l'emmène au parc parce qu'il a peur des autres enfants. Il préfère rester à jouer dans sa chambre…

Marisol a crié de sa voix flûtée : « C'est pas vrai, j'ai pas peur ! » J'ai essuyé ma fillette plus collante qu'un bonbon, l'ai aidée à enfiler les manches de son petit duffle-coat. Lucie était à cran, dure. Je le lui ai fait remarquer, elle m'a coupée :

— Je sais, lui aussi, il est dur.

Plus tard, rue d'Amsterdam, Lucie a parlé de Marie-Pierre, les soignantes disaient qu'elle la réclamait. Elle m'a annoncé qu'elle rentrait à Angoulême, passer Noël avec l'enfant et « faire le point ». Elle est restée évasive sur une date, même approximative, de retour à Paris, m'a juste précisé qu'elle n'aurait sans doute plus de congé avant un moment. Puis elle s'est mise à faire son sac.

Elle est repartie le soir même en me demandant de prévenir Louis, de lui dire qu'elle lui écrirait plus tard. Nous nous sommes embrassées rapidement. Quand elle a fermé la porte, Marisol s'est mise à pleurer.

J'ai laissé passer Noël, sans retourner à Poissy, prétextant dans un court mot à Louis des obligations personnelles liées aux fêtes. Je voulais revenir avec du concret, j'attendais d'un jour à l'autre une lettre de Jean-Luc avec un modèle de demande de libération conditionnelle, nourrissant secrètement l'espoir qu'un document officiel pourrait le faire changer d'avis. Je me suis construit une petite stratégie du manque, il serait peut-être content de me revoir après ce temps de silence. Je me suis détestée pour ça. Je me sentais seule et mal, Lucie m'avait abandonnée au milieu du gué, je n'étais plus sûre que les projets que nous avions échafaudés pour Louis soient efficaces, ni surtout justes pour lui. « Ne pas décider de sa vie. » Bien sûr. Et pourtant. J'ai tenté de penser à autre chose, je n'y suis pas parvenue. Je ne pensais qu'à Louis et à la prison.

Le 25, nous sommes allées chez Sonia, la vieille amie de ma grand-mère qui nous avait si gentiment accueillies lors de notre première arrivée à Paris. Il y avait un sapin, des enfants, des friandises en papillotes. Marisol a eu des cadeaux, s'est beaucoup amusée. C'était l'essentiel. J'ai tenté de faire bonne figure. J'étais déjà au lendemain.

26 décembre 1995. J'avais demandé un parloir, j'y suis allée avec l'espoir absurde que l'absence aurait tout changé, que Louis aurait retrouvé la disposition d'avant, celle du projet commun, où l'on serait « ensemble ». Entre-temps, j'ai reçu de Jean-Luc le modèle de demande de conditionnelle. L'espoir que le côté administratif de la chose changerait les dispositions de Louis était fou. C'était du rêve. Je l'ai compris à l'instant où il est entré. Visage tendu, mâchoire crispée. Je lui ai tendu la lettre préparée par Jean-Luc. Il a refusé de prendre le bout de papier, repoussant ma main avec détermination, voire avec une certaine brutalité. J'ai été décontenancée, mais pas totalement surprise. Depuis la dernière conversation avec Lucie, je m'étais préparée.

Mais je ne m'attendais pas à ce que Louis prenne l'initiative de clore la visite au bout de cinq minutes à peine.

— OK. Je vois que vous n'avez rien compris, inutile de continuer…

Et il a tambouriné à la porte pour appeler le maton.

***

*15 janvier 1996*

*Chère Isabel,*

*Je me suis conduit comme un goujat. Je ne voulais plus entendre parler de cette conditionnelle, Lucie aurait dû vous le dire, enfin ce n'est pas une excuse. La vérité, c'est qu'il y a quelques mois, quand elle vous a empêchée de venir en me racontant un bobard, je n'ai rien fait pour l'en dissuader. Je me suis même dit : « Qu'elles aillent se faire foutre ! » Je vous ai envoyée promener une première fois, sans m'expliquer, la conditionnelle, la liberté et tout, ça me rendait fou.*

*Vous voyez, moi aussi, je suis franc. Un franc salaud, mais c'est ainsi. Depuis, j'ai réfléchi. Il ne faut pas forcer le destin, je l'ai compris peu à peu, et de plus en plus clairement. Je n'ai pas le droit, ou plutôt je ne peux pas sortir en quémandant une liberté sous surveillance. Je sais que je vous fais du mal, à Lucie aussi sans doute, mais je suis au clair avec moi-même. Ma liberté, elle est ailleurs, quelque part dans ma tête. Je ne veux pas la devoir à un aménagement, je ne veux pas avoir à rendre compte à la société de cette manière humiliante. Soit je purge ma peine, soit je me cavale, soit Raoul Lemaître est blanchi. J'appartiens à une famille de déclassés… une famille que la société n'a cessé de trahir. Je ne me sens pas le droit de la trahir à mon tour – je veux parler de cette famille. Je ne sais pas si je sortirai un jour, mais si je sors, ce sera sans condition.*

*Si vous ne me répondez pas, je ne m'en formaliserai pas. Je n'aurai eu que ce que je mérite.*

*Je n'ose même pas vous demander de me pardonner,*

*Louis*

*21 janvier 1996*

*Chère Isabel,*

*Pardon. Je suis un misérable, un pauvre type, un paumé. Depuis un mois et tout ce silence et toute cette absence et toute cette solitude, la prison est devenue atroce. Je me rends compte que depuis dix-huit mois, je la supportais grâce à vos visites. Il va bien falloir que je change quelque chose dans mon système, mais quoi ?* That is the question, *comme dit l'autre. Oh, mais je me reprends à être familier, alors que peut-être je suis tout à fait sorti de votre orbite de merveilleuse étoile du matin (c'est Vénus, l'étoile du matin...), et alors j'ai peut-être seulement l'air du grand con que je suis. Écris-moi,* please, *je suis comme un chien errant. Écris-moi, nom de Dieu ! Je crève. Pardon pour les gros mots, pardon pour le tutoiement, pardon pour les humeurs, pardon, pardon, pardon, pardon, pardon, etc.*

*Louis*

*24 janvier 1996*

*Chère Isabel,*

*Tu m'as écrit ! Je t'ai lue ! Tu n'es plus fâchée ! J'ai envie de m'exclamer comme dans les BD : « Dieu soit loué ! » – Tu sais, le naufragé qui erre sur l'océan, plus d'eau, plus de vivres, le scorbut, et soudain : « Voile à l'horizon ! », alors le naufragé s'exclame « Dieu soit loué ! ». Je serais le naufragé et toi la voile, tu veux bien ? Et Dieu... ? Bon... Dis, tu veux bien ? Si oui, je t'apprends à remplir une grille de mots croisés en sept minutes.*

*Non, mais sans blague, si tu savais ce que tu me manques, cher petit papillon.*

*En attendant, je promets de ne plus jamais me mettre en colère, ni de parler de « flinguer », ni de « buter », ni de quoi que ce soit de vilain. Il faut me pardonner. La prison rend mauvais, la violence est partout, ici, et pas seulement verbale.*

*Chère Isabel, en terminant cette lettre, je voudrais te dire quelque chose. Quand je ne te vois pas, tu me manques très fort. Cette affirmation, assortie d'un tutoiement que je n'ai pas facile avec les femmes, ressemble à s'y méprendre à une déclaration. Or tu sais que je déteste tout ce qui s'apparente à un attachement.*

*Je te laisse évidemment libre de décider si tu veux reprendre ou non notre conversation interrompue. Ta décision sera forcément la bonne.*

*Louis L.*

# 44

Maison centrale de Poissy
*Janvier 1996*

*Un instant, elle n'a su que faire. L'avant-dernière phrase de la lettre. S'est dit l'instant d'après qu'elle n'y retournerait plus jamais.*

*Elle est là.*

*Isabel au parloir, qui regarde Louis, est émue, elle sait que désormais entre eux il y a l'impossible, qu'elle peut s'abandonner sans risque, que les conditions sont réunies pour que rien de ce hold-up-là, de l'amour, ne soit envisageable.*

*De part et d'autre de la bouche, les deux rides légères se sont comme accentuées. Quelque chose d'amer, à peine lisible, un dessin sur le sable que la marée ne parvient pas à effacer et, face à cette amertume, Isabel se sent beaucoup plus désarmée que face au cynisme d'autrefois. Comme si cet « autrefois » se référait à un autre temps, une sorte de temps préhistorique et intemporel, et aujourd'hui on serait dans l'histoire, la vraie.*

*Il l'a déjà fait, ça, il y a quelque temps. S'asseoir en face d'elle, regarder par terre, lui prendre les mains. Mais cette fois, c'est durant toute la durée du parloir, il les tient fermement, ne les lâche pas. Il les presse avec force. Il est seul à parler, aujourd'hui encore.*

*Il dit :*

*— Une malédiction, il y a une malédiction sur les Lemaître.*

*Elle pense que le mot sonne faux dans sa bouche. Cet homme qui dégage toute l'apparence d'un être choisissant sa destinée, si pragmatique, si peu enclin à chercher des responsabilités ailleurs qu'en lui-même, est en train d'invoquer un destin maudit s'abattant sur sa famille depuis trois générations et dont l'incarcération serait l'ultime avatar.*

*— C'est pour cette raison, conclut-il, que le droit de vivre libre, je ne l'ai pas. Il ne m'appartient pas. J'aurais l'impression de l'avoir volé.*

*Il a un brusque sourire, où passe une ombre mêlée de fierté et d'autodérision*

*— Je peux tout voler, tout… mais pas ça. J'en suis incapable. Ma libération ne passe pas par une levée d'écrou, encore moins par une « conditionnelle »… Tu comprends ?*

*Sans lui lâcher les mains, sans la quitter des yeux, il répète, d'une voix détimbrée, très basse, comme s'ils n'étaient pas seuls dans la pièce :*

*— Tu comprends, je paie pour Raoul Lemaître, pour Narcisse Lemaître, pour des innocents que cette saloperie de société a écrabouillés comme des vers de terre.*

*Elle hoche la tête en silence, il poursuit, le regard clampé dans le sien :*

*— Dis… Tu comprends, je ne peux pas sortir d'ici avec un blanc-seing de cette putain d'administration qui a assassiné mon grand-père, clochardisé mon père jusqu'à ce qu'il en crève…*

*Ses mains sont chaudes. Elle ne dit rien. Elle est juste heureuse d'être là, enfermée avec lui, les mains emprisonnées dans les siennes. Elle a eu si peur qu'il ne veuille plus jamais d'elle. Et puis elle murmure, tellement bas elle aussi qu'il se penche vers elle pour l'entendre :*

*— C'est parce que tu as décidé que tu ne sortirais plus jamais que tu t'es autorisé à me dire que je t'avais manqué ?*

*C'est la première fois qu'elle lui dit « tu ». On dirait qu'elle ne s'adresse pas à lui.*

*— Oui. C'est parce que rien n'est possible et que je ne crois pas plus à l'amour qu'à la liberté.*

*Et, comme il voit que cela fait mal, ces paroles, il ajoute :*

*— Mais toi, Isabel, tu me fais entrevoir des possibles que je n'aurais jamais imaginés avant... Ne sois pas triste. Ce n'est pas triste, ça.*

*Il se lève, massif et doux, il l'attire à lui et elle pose sa tête sur la large poitrine et il caresse cette tête doucement, il laisse courir ses doigts dans les cheveux courts et épais, puis il ne caresse plus, il presse sa tête contre lui, fortement, comme s'il voulait en incruster la forme dans son épaule.*

*— Tu sais, Isabel... Il peut arriver, quand on a tout perdu, que l'on se perde soi-même.*

*Elle ne répond rien. Elle ne sait pas si c'est une façon de lui signifier qu'elle doit le fuir ou une humble supplication de le comprendre et de le soutenir. Ses yeux s'emplissent de larmes.*

*Ils restent comme ça, dans un silence qui n'est plus celui d'autrefois.*

*— Et nous ? murmure-t-elle enfin.*

*— Je ne sais pas, mon petit, je ne sais pas...*

# 45

Paris
*Été 1996*

Après ce parloir, quelque chose a été accepté, verrouillé. Enterré, terriblement. Un contrat tacite, lui à l'intérieur des murs, moi à l'extérieur, cette condition qui avait rendu la sortie impossible et l'amour possible. Et le rendez-vous maintenant hebdomadaire parce qu'un mot avait été prononcé. Et bien que le mot ne soit pas la chose, quelque chose est devenu terriblement réel depuis le mois de janvier. C'est Louis qui l'a fait remarquer un jour, « Tu connais la phrase d'Héraclite l'obscur ? », j'ai dit non, bien sûr, non, je ne connais pas cette obscurité-là.

— C'était un philosophe grec, il a dit : *parce que le mot n'est pas la chose, la chose est ce qu'elle n'est pas.* Quelque chose comme ça… Je ne sais pas si c'est bien traduit, mais on s'en fout. C'est tout nous, avec cette question de l'amour.

Il a ri comme s'il venait de faire un bon mot, ça faisait longtemps que je ne l'avais pas vu rire. Moi j'ai souri un peu, pour faire comme si cette complicité, de comprendre la philo, c'était au moins ça que la prison n'enlevait pas à l'amour. Mais en réalité je n'étais pas sûre de comprendre et j'étais dans le désespoir, j'ai murmuré :

— C'est effrayant, aussi.

Sans avenir, sans projet. Sans aucun sens, c'est ce que j'ai pensé, d'un parloir à l'autre, l'absence de sens se creusait plus profondément.

De plus en plus souvent, nous avons mis d'interminables minutes à nous retrouver. Et l'autre que nous retrouvions n'était pas celui que nous attendions. Nous devenions méconnaissables l'un à l'autre. Un jour, je le lui ai dit :

— J'ai peur, Louis, j'ai peur de ne plus te connaître, pas de t'oublier, non, mais de te dé-connaître, à cause de ce blanc autour de nous, tout ce silence de projets.

Il a mis son front contre le mien et m'a regardée par en dessous avec ses yeux que j'aime tant, ces yeux d'amour que j'appelle « de crocodile » parce qu'on ne voit plus qu'eux qui surnagent au ras de tous les marigots. Louis ne relevait pas quand je disais des choses comme ça, qui auraient pu fragiliser sa décision. Celle de rester enfermé. Alors, on continuait dans ce nouveau silence, de l'enfermement à vie.

À l'instant où il m'avait tutoyée, il s'était retiré du projet de vivre. C'était à devenir folle, je me disais qu'il faudrait fuir. C'est quand cette pensée arrivait, de fuir, que j'y retournais.

***

J'ai commencé à noter ce qu'il faudrait dire au prochain parloir, ou bien lui montrer ces notes, tendre le carnet sans un mot, comme autrefois, quand je ne parlais pas, par timidité ou confusion ou peu importe pourquoi. À présent, les notes étaient très claires et très nettes. – *Je ne peux plus, ça n'a pas de sens. Tu veux et tu ne veux pas, tu ne veux pas m'aimer au grand jour et moi je deviens dingue.*

Je pensais aussi que non, je n'irais plus, je retournerais vivre chez Violette avec Marisol ce serait doux et heureux et simple, je l'avais connu une fois, ça, je pouvais le vivre à nouveau. Il ne faudrait pas prévenir Louis, simplement ne pas se rendre au prochain parloir, comme ceux qui disparaissent. À l'heure prévue, je serais déjà partie, j'aurais pris le train, je serais déjà très loin, à Rennes ou à Morlaix ou dans les brumes de Brest, au fin fond du Finistère, loin de la prison. Même pas mal, comme dit Marisol. Je regarderais grandir ma fille. J'étais assaillie par la brusque tristesse de ne pas voir assez ma petite, pas assez bien. J'aurais aimé, là, maintenant, tout de suite, la serrer contre moi, lui dire que plus jamais je ne la laisserais pour aller dans la prison noire et infecte qui était loin d'elle et qui ne ressemblait pas à l'enfance, que j'irais la chercher à 16 h 30 tous les jours, même le vendredi qui est le jour de l'horrible endroit, et ce jour-là je la laissais à l'école jusqu'à 18 heures aux « ateliers bleus » où elle faisait de la pâte à sel ou des découpages avec une dame qu'elle n'aimait pas. Vendredi prochain, oui, il n'y aurait pas d'atelier bleu, j'irais à l'école à 16 h 30, ensuite on prendrait le train pour Brest, vers l'océan et les mouettes.

***

J'y retournais, ne disais rien de ce qui était écrit sur le carnet, ne le sortais même pas, ce carnet, dans le parloir. Ne disais rien de ce que j'avais pensé, ne le savais même plus, ce n'était plus inscrit sur rien, aucun support de ma mémoire. Je voyais Louis et tout était oublié des idées, des désespoirs, des rêves et des projets, depuis une semaine entière.

Parce qu'à un moment précis, d'illumination ou de grâce, tout ça était apparu inimaginable. Inimaginable de ne plus y aller, ne plus entendre le grain sombre de sa voix, ne plus être éclairée par la formidable intelligence, ne plus avoir les mains emprisonnées dans les siennes qui étaient toujours chaudes, ne plus sentir la large paume sur ma joue, qui la contenait, cette joue, la prenait et la façonnait et sans laquelle, je pensais parfois que je n'avais pas de visage. Ces pensées bousculaient toutes les autres, elles les annihilaient. Parce que la voix, l'intelligence, les mains chaudes, la large paume, toutes ces choses inversaient la situation absurde, la rendaient vivable comme par magie, la magie de ce moment-là, celle du parloir, transfiguraient les murs tristes, la table avec les chewing-gums collés en dessous, l'odeur de vomi et de Javel.

Et puis je sortais, c'était la fin du parloir, sur le chemin de la gare, ça revenait, Louis c'est le bonheur et la situation n'est pas tenable. J'écrivais de nouveau le soir quand Marisol était couchée : *Je vais tout faire pour t'oublier, ça va être difficile, mais là je perds pied, je veux me tenir à l'abri de cette prison, de cet amour carcéral qui n'existe pas, cet amour épouvantable, intolérable*. En écrivant sur le carnet, je l'entendais lire, lui, de son ample voix intérieure, peut-être même lirait-il à haute voix devant moi, il relèverait la tête, il me regarderait, dirait « amour carcéral » avec un regard interrogateur, je savais que ce n'était pas ça, pas les bons mots, il faudrait que ce soit dit dans une vraie lettre, que je ne sois pas présente quand il la lirait. Je me disais je vais écrire la lettre et puis ne pas revenir. Ensuite, je pensais qu'il allait me répondre, je déroulais dans ma tête ce qu'il allait me dire, je le savais d'avance, chaque mot, ce serait une lettre magnifique qu'il m'enverrait en guise de réponse, vraiment magnifique. Je regretterais terriblement d'être loin, de ne pas pouvoir me blottir contre lui au moment de la lire. Ou alors une lettre qui ferait très mal et alors j'aurais aussi besoin de lui tout de suite. Sinon, je ne pourrais pas continuer.

J'écrivais sur le carnet : *Je ne peux pas décrire sur ces pages ce que je vis chaque semaine, chaque instant, sauf te dire « Pourquoi m'as-tu en même temps parlé d'amour et dit non, jamais ? »* Ça, je voulais le lui montrer. *Pourquoi tu me tiens prisonnière avec toi ?*

Et chaque semaine j'y allais. RER, Auber, Nanterre-Préfecture, Houilles Carrières-sur-Seine, Sartrouville, à Maisons-Laffitte déjà j'étais heureuse, Achères Grand-Cormier. À mesure que j'approchais, ça s'effaçait, la douleur, l'impression d'être folle, c'était l'apaisement, la pluie fraîche sur le paysage échauffé. À Poissy-Gare, je n'étais plus que l'écran blanc sur lequel allait s'écrire l'amour de l'homme emprisonné.

Je courais presque.

Je n'avais aucune nouvelle de Lucie. Il y a eu une carte le 22 février pour ma fête, la Sainte-Isabelle, que l'on ne m'avait souhaitée que dans une lointaine petite enfance chez ma grand-mère Ussel. Une carte laconique et affectueuse, co-signée d'une écriture illisible par Marie-Pierre. Ensuite plus rien. Je n'en souffrais pas, c'était étrange. L'absence de Lucie avait été comblée par la nouvelle présence de Louis, la nature a horreur du vide, paraît-il, Louis avait pris toute la place, il s'était infiltré comme l'eau, dans tous les interstices, au plus intime et au plus secret, Lucie avait dû le deviner d'instinct, ce n'était pas possible autrement, ne plus donner signe de vie comme ça du jour au lendemain. Lorsque j'y pensais, ça me peinait, mais pas plus, je n'avais pas le temps pour cette peine-là. C'était comme si l'affection de Lucie s'était naturellement retirée sous l'effet de la grande marée qui nous submergeait et de ce quelque chose de nouveau qui ne supportait rien d'autre que nous deux, Louis et moi, ces quatre murs, cet air que nous respirions, intense, parfois suffocant, et qui était entre nous.

Durant ces premières semaines de 1996, Louis n'a jamais fait allusion à Lucie. C'est tout ça aussi qui avait disparu dans le nouveau creuset du parloir : les récits, le passé et ses histoires, les enfances souffrantes et négligées.

Le 28 mars 1996, j'ai reçu un mot de Lucie :

*Louis me parle de toi dans sa dernière lettre, vous vous êtes revus et il en est heureux, il ne dit pas grand-chose de plus, je ne sais pas ce que je dois penser, surtout je ne parviens pas à comprendre si finalement il a changé d'état d'esprit. Si c'était le cas et que la question de sa libération conditionnelle était de nouveau à l'ordre du jour, surtout fais-moi signe. Je me joindrais bien évidemment à l'entreprise. J'espère que tu ne m'en veux pas de ma disparition, c'était brusque, je sais, je suis sûre que tu comprends. J'avais de toute façon décidé de revenir voir Louis, ma colère passée, il y a beaucoup de travail au Centre, de nouvelles arrivées, Marie-Pierre qui n'est pas simple…*

Ainsi, Louis avait écrit à Lucie. Je lui ai répondu une lettre chaleureuse, la correspondance a repris, pas le téléphone, pas tout de suite. Au parloir, j'ai évoqué cette lettre de Lucie, Louis a seulement fait : « Ah bon… » Je n'ai pas insisté.

# 46

Maison centrale de Poissy
*Avril 1996*

*Louis a demandé comment allait la petite. Il a dit son nom, « Marisol », c'est la première fois qu'elle l'entend dans sa bouche. C'est émouvant. Il s'est soucié de savoir si Marisol était gentille avec elle. Un peu plus tard, dans la conversation, il a évoqué Marie-Pierre.*

*— Tu veux parler de la petite de Lucie ?*

*— Oui, l'enfant s'est attachée à ma Lucie, normal… Elle m'en a longuement parlé l'autre jour… C'est à cause de la petite qu'elle vient si peu, je devrais lui en vouloir, note bien, à cette gosse, et puis non, elle a déjà trop dégusté, la gamine…*

*Isabel est estomaquée. Lucie est retournée voir son oncle. Sans lui faire signe à elle.*

*— Faut pas te frapper, elle est comme ça, c'est une tête brûlée doublée d'une tête de mule…*

*— Je ne comprends pas… Je ne comprends pas qu'elle ne soit pas venue me voir. Nous avons été très proches, tu sais, amies. Enfin, j'ai cru…*

*— Je lui ai dit, pour toi et moi… Je crois que ça lui a fait un coup. Pas possible de lui cacher, elle me parlait tout le temps de toi. Puis j'avais envie, moi, ça me démangeait d'entendre parler de toi sans réagir. Ça devait se voir, d'ailleurs, c'est elle qui m'a demandé ce qu'il y avait entre nous…*

*— Et tu lui as dit…*

*— Nous étions en veine de confidences, la semaine dernière, ce n'est pas dans ma nature, ni dans la sienne d'ailleurs. Nous sommes pareils, ça l'a un peu secouée…*

*— Et elle n'a pas voulu me revoir…*

*— Oh, elle va te faire signe bientôt, c'est sûr… Le temps de digérer la nouvelle…*

*— Parce qu'il y a une nouvelle ?*

*Il la regarde, tout sourire :*

*— Non ? Tu ne trouves pas ? Pour moi si : c'est juste que ma vie a changé. À part cela, comme chantait ma pauvre mère, « Tout va très bien, Madame la Marquise »…*

*Et il se met à chantonner : « Tout va très bien, tout va très bien… »*

*Louis l'énerve un peu aujourd'hui, cet air de ne pas y toucher. Cette façon de botter en touche. Parler de tout et de rien, surtout de rien.*

*— Et à part ça, elle ne t'a rien dit, Lucie ?*

*— Si, elle m'a parlé de sa gosse, justement… C'est une gamine atteinte d'un syndrome de je sais plus quoi, Retz ou Rett, quelque chose comme ça. Complètement cinglée, caractérielle, des colères terribles, elle ne parle presque pas…*

*— C'est Lucie qui t'a raconté tout ça ?*

*— Oui, qui veux-tu d'autre ?*

*— Elle va revenir te voir ?*

*— Je ne sais pas. Elle est repartie à Angoulême. La gamine l'accapare.*

*Lucie qui vient à Paris sans la voir. Isabel est sortie de ce parloir profondément troublée, un peu blessée. Et puis l'évocation avec Louis de cette petite Marie-Pierre, l'enfant souffrante, asociale, anormale, mutique. Louis qui tout à coup se soucie de l'enfance, Louis sans enfance et sans descendance, qui parle avec tant de naturel de ces deux petites filles qu'il ne connaît pas, comme si elles étaient proches et vivantes dans sa vie d'enfermé. Tout ça est nouveau et bouleversant et incompréhensible en réalité.*

# 47

Paris
*Avril 1996*

Le printemps est arrivé, un printemps ensoleillé, aux couleurs d'été. Lucie est revenue. Elle est arrivée un dimanche après-midi avec son grand sac et un énorme bouquet de lilas pourpre.

— Je l'ai cueilli dans le jardin du Centre, tous les lilas sont en fleur, mais celui-là est le plus beau de tous.

Double, odorant, somptueux. Marisol a commencé par bouder Lucie, histoire de marquer le coup, a replongé le nez dans sa BD, elle s'est rapprochée peu à peu, tandis que nous parlions, comme un petit chat, et a fini par s'installer sur ses genoux avec son album. Lucie caressait les cheveux de Marisol et, tout en l'écoutant, je la regardais. Ce n'était plus la rouquine au béret vert qui s'était un jour dressée, ardente, brutale, en travers de ma route. C'était une Lucie résignée. Quelque chose d'affaissé dans ses traits. Seul son regard brillait toujours. Elle me l'a dit tout de suite :

— J'ai compris qu'il fallait accepter. Il finira sa peine en prison. Ensuite…

Elle a changé de sujet, m'a parlé de son travail au Centre, de ses relations difficiles avec le médecin référent. Elle se disait préoccupée par sa petite Marie-Pierre, en réalité semblait lasse de tout. On aurait dit qu'elle avait mué, comme un animal qui s'adapte à de nouvelles conditions climatiques.

Elle n'a fait aucune allusion à ma relation avec son oncle, et je n'ai rien dit non plus. Sans doute ne savait-elle rien de précis. En même temps, notre échange était retenu. Comme si nous nous protégions mutuellement d'une blessure latente. Quelque chose de grave qu'un seul mot risquerait de réveiller. On a très peu parlé de Louis, en réalité. Nous étions l'une en face de l'autre, nous faisions comme si rien n'avait changé, comme si on était avant. Alors que tout avait changé, nous le savions toutes les deux.

Le lendemain, elle est allée à Poissy. J'ai été nerveuse toute la journée. La concierge m'a interceptée alors que je sortais. On lui avait rapporté mon agenda, trouvé la veille dans l'autobus 27, je ne m'étais pas aperçue que je l'avais perdu. Il y avait aussi une lettre de Jean-Luc, attentionné, un peu soucieux, il voulait savoir « où nous en étions ». Je lui avais dit un peu, en décembre, le refus de Louis, ma détresse sur le moment. Je n'avais rien dit de la nouvelle tournure de notre relation. J'ai pensé que quand Lucie serait repartie, je l'appellerais. Jean-Luc concluait en m'offrant de nouveau son aide « si la situation de ce détenu se débloquait ». Et ajoutait un *post-scriptum* que je n'ai pas vu tout de suite. J'éprouvais à cet instant un sentiment de grande tendresse pour cet homme qui avait été mon mari, que j'avais quitté du jour au lendemain et qui me donnait son amitié sans rien me demander en retour. Le *post-scriptum* disait simplement : *Petit travers d'avocat, je ne peux m'empêcher de me demander si toute la lumière a été faite sur le dossier qui semble être à l'origine de beaucoup de faits : la condamnation de Raoul Lemaître. Erreur judiciaire ? L'affaire a été jugée il y a longtemps, mais… ? En cas de nouvel élément, il est théoriquement possible de rouvrir un dossier douteux…*

Lucie est revenue le soir de sa visite à Louis, le visage bouleversé. Elle partait tôt le lendemain. Nous sommes descendues manger une pizza avec la petite en bas de chez nous. Elle est restée silencieuse. Elle était fatiguée, son train partait aux aurores. J'ai deviné que Louis lui avait parlé, pour nous. Avant de se coucher, elle m'a prise dans ses bras.

— Je ne sais pas si j'ai envie de rire ou de pleurer, a-t-elle chuchoté.

Je l'ai embrassée. Elle a mis son réveil à 5 h 45. Quand je me suis levée pour préparer le petit-déjeuner de Marisol, les draps étaient dans le panier à linge sale et le canapé-lit était replié.

***

Quelques jours plus tard, nous sommes parties pour les vacances de Pâques à Poullic chez Violette. Retrouvailles paisibles et heureuses, premières soirées de chaleur devant l'océan, avec un verre de cidre râpeux provenant de la cave fraîche de Violette, promenades sur les rochers, armées d'épuisettes, incursions dans la Bretagne profonde. On se rend à Botmeur et à Huelgoat, aux monts d'Arrée où Violette a grandi. Menez Arz, en breton, la vieille Armorique au visage de landes et de rocs. Nous avons fait la connaissance de

Marie, la fille aînée de Violette, mariée à un pharmacien de Huelgoat, maman débordée de jumeaux qui commençaient tout juste à marcher. Nous avons logé une nuit chez ce gentil couple et fait une excursion à l'aube pour voir le soleil se lever au sommet du mont Saint-Michel de Brasparts.

Ascension silencieuse au lever du jour, sur des chemins perdus dans la bruyère et la pierraille, paysages énigmatiques, vastes brandes piquetées d'herbes de Saint-Antoine, de poiriers sauvages, d'ajoncs ras couleur de miel. Étangs sauvages aux eaux noires qui semblent faire signe au passant solitaire. Entre deux escarpements de rochers ocre, on aperçoit le Roc'h Trévezel et le lac de Brennilis.

Le soleil était déjà brillant quand nous sommes arrivées au sommet de la colline, les dernières écharpes de brume jouaient avec les fougères et les murets de granit. Violette était pleine d'histoires, on aurait dit que son pays natal la ranimait, faisait lever en elle tous les contes dont son enfance avait été nourrie. La petite Marisol serrait très fort ma main au passage des sombres futaies de chênes. La grotte du Diable, la Roche tremblante, le Ménage de la Vierge, le camp d'Arthus, un chaos d'énormes blocs rocheux qui suit la rivière d'Argent.

— N'aie pas peur, Marisol, l'Ankou s'enfuit quand arrive le jour. Tu verras, on va passer dans les tourbières, quand j'étais petite on disait que c'étaient les portes de l'enfer, mais ce n'est pas vrai, c'était dans les anciens temps, aujourd'hui l'enfer n'existe plus.

Violette riait, le soleil était haut dans le ciel et la baie de Morlaix scintillait au loin. C'était magnifique. J'étais heureuse.

Un dimanche, Violette nous a emmenées voir la figure de proue d'un vieux navire portugais dans la niche de pierre d'une ferme voisine, étrange icône multicolore aux yeux implorants chavirés vers le ciel. Elle nous a montré aussi les restes d'un bateau hollandais échoué sur le rocher de Kergroaz, victime des naufrageurs locaux qui allumaient autrefois des feux de nuit pour tromper les navires et les piller.

Ce printemps-là, j'ai beaucoup dessiné. Violette m'a demandé si elle pouvait voir mon carnet de croquis. Elle a trouvé qu'il y avait beaucoup de paysages, de fleurs, de chemins et de rochers, « mais très peu d'humains ». On a ri et je lui ai proposé de faire son portrait. Nous avons eu de longues séances de pose au cours desquelles une intimité nouvelle s'est instaurée entre nous.

Je n'ai pas parlé de Louis à Violette. Elle m'a demandé si je visitais toujours « mon détenu », j'ai répondu oui, elle ne m'a pas posé d'autres questions. À la fin des vacances, elle m'a fait remarquer que j'avais changé.

— Le fruit est mûr, faut le cueillir…

Cela fait partie des innombrables dictons de son cru, ses petites phrases fleuries et sibyllines qui sont les siennes, mais qui ressemblent à un langage universel. Elle a ajouté avec un clin d'œil :

— Va pas le laisser choir avant l'heure de la récolte…

J'ai souri, pas certaine de comprendre ce qu'elle avait derrière la tête.

On a repris le car « Penn ar Bed » jusqu'à la gare de Brest. Je retrouvais ma vie.

# 48

Maison centrale de Poissy
*Mai 1996*

*Le carnet n'a pas disparu, mais il passe plus de temps au fond du sac d'Isabel que par le passé. Il va et vient, au gré de la parole retrouvée et reperdue, c'est un outil, un témoin, un amusement, on s'y parle, mais aussi on y joue au scorpion, au petit bac et aux mots croisés. Parfois, il n'apparaît pas du tout, il y a des conversations vives comme des parties de ping-pong, avec réponses liftées, rasant le filet, pleines d'esprit ou de colère ou de tendresse, mais spontanées de part et d'autre. Parfois, non, le carnet est là, gros, massif, encombrant, plein de maladresses et de tentatives avortées, posé sur la table, Isabel l'utilise avec l'impression d'être un éléphant maniant une plume d'oie.*

*Ce jour-là, il est de nouveau question des enfants, Marisol, d'abord, dont Louis se soucie de savoir ce qu'elle a offert pour la fête des Mères. Isabel sourit intérieurement, cette question lui ressemble si peu. Il reparle de Lucie venue la veille, de sa petite, et tous deux redeviennent graves. Il y a quelque chose, le souci de*

*Lucie pour cette enfant, pourquoi celle-là en particulier, il y en a d'autres au Centre, mais non, cette petite Marie-Pierre, c'est comme si c'était sa fille, et puis son histoire d'abandon, quelque chose de compliqué, on ne sait pas vraiment, cela plane comme un orage. Louis craint que Lucie ne s'attache trop. « Ça me fait peur pour elle. Elle a quand même sa vie à faire, à vingt-huit ans... » Isabel redoute surtout le conflit avec le médecin du Centre, un certain docteur Legras, dans lequel Lucie semble être entrée, autour de l'enfant.*

*— Je sais, elle est comme ça, elle va au bras de fer, ce n'est pas bon... Si elle ne plie pas, elle la perdra, cette gamine. On la lui enlèvera. Elle manque de souplesse, ma Lucie, j'ai essayé de lui dire, hier, c'est le médecin qui gagnera, pas elle...*

*— Louis...*

*Il la regarde. « Oui... ?*

*— Pourquoi tu t'intéresses à tout ça, alors qu'au fond...*

*— À cause de Lucie, sans doute... Et aussi à cause de toi.*

*Après, ils se sont tus. À la fin, il a pris ses deux mains à elle, comme il le fait souvent, les a enserrées dans les siennes et il a porté ce petit paquet de mains à son front, juste au-dessus des yeux, en inclinant légèrement la tête. Et cet assemblage de leurs mains, ce nœud précieux de leurs doigts mêlés, il l'a gardé longtemps, c'est comme une prière muette.*

# 49

Paris
*Automne 1996*

Début juin, Lucie est montée à Paris par le train du vendredi soir. Marisol et moi sommes allées la chercher gare d'Austerlitz. Il faisait beau, l'air était doux, on a traversé le Jardin des Plantes qui reste ouvert jusqu'à 21 heures, les soirs d'été. Ma petiote gambadait dans les allées fleuries, la ménagerie avait déjà fermé, mais on pouvait voir les ours et les phoques depuis les grilles du jardin et cela suffisait à son bonheur.

Lucie avait l'air soucieux, elle m'a tout de suite parlé de Marie-Pierre. J'avais envie de profiter de la soirée, de la lumière, du plaisir d'être ensemble, je ne prêtais pas vraiment attention à ce qu'elle disait. Elle s'est un peu égayée lorsque nous avons traversé la Seine en autobus sur le Pont-Neuf, le soleil se couchait sur les ponts de l'ouest, des Arts, pont Royal, Alexandre-III, donnant à Paris ces allures de carte postale auxquelles nous succombons toujours.

Rue d'Amsterdam, j'ai mis Marisol au bain, avec ses jouets et de la mousse. Je nous ai servi un Kir avec des cacahuètes. Lucie a allumé une cigarette, la deuxième depuis sa descente du train, elle fume trop, ce n'était pas le moment de le lui dire. Elle s'est remise à parler de la tension avec l'administration du Centre, avec le médecin de Marie-Pierre, j'ai commencé par l'écouter, l'exhorter à la souplesse. Elle se sentait persécutée, ça tournait en boucle, elle a fini par me dire qu'elle n'était pas sûre de garder sa place, mais qu'elle ferait tout pour garder la petite. Quand elle a parlé de « garder la petite », j'ai explosé :

— Reviens sur terre, Lucie… Il y a des choses faisables et d'autres auxquelles il faut renoncer… Tu ne sauveras pas Marie-Pierre d'elle-même, de sa fragilité ni de son handicap. Elle est là où elle doit être, elle ne t'appartient pas, et le jour venu, quoi que tu en dises, elle a une famille…

J'en avais marre de son obsession. J'ai lâché tout à trac :

— Lucie, il y a du nouveau, pour Louis…

Elle a ouvert des yeux comme des soucoupes :

— Ne me dis pas que tu reviens sur cette histoire de conditionnelle !

J'ai dit :

— Non… Enfin, pas comme ça…

J'ai inspiré un grand coup.

— Écoute-moi : il faut obtenir la réouverture du dossier de Raoul Lemaître.

Elle m'a regardée comme si j'avais perdu la tête. Elle en a oublié de secouer son mégot, de la cendre est tombée sur la table basse.

J'avais repris la main, je n'allais pas la lâcher. J'ai continué :

— Je sais ce que tu penses, mais non, je ne suis pas folle. J'ai appelé mon ex-mari. Je t'ai dit qu'il est avocat, c'est lui qui avait préparé le modèle de demande de conditionnelle, celle que Louis a refusée… Je lui ai expliqué la situation, enfin… C'est quelqu'un de très généreux.

— Vraiment, tu as fait ça ? Tu l'as fait, tu as appelé ton ex ? Franchement, tu m'épates…

Lucie n'en revenait pas. Marie-Pierre semblait provisoirement oubliée, j'ai poussé mon avantage.

— Il n'y a vraiment pas de quoi, nous avons de bonnes relations, Jean-Luc a plus ou moins « refait sa vie », comme on dit, c'est tout à fait apaisé entre nous… Je conduis régulièrement Marisol à Lyon, nous nous voyons souvent, il connaît bien le dossier, maintenant, ses conseils me sont précieux.

— Et donc ?

J'ai parlé de l'association que m'a conseillée Jean-Luc, le comité « Justice et liberté », dans le 10e. J'avais déjà pris rendez-vous pour le lundi suivant, j'ai ajouté :

— J'ai pris le premier rendez-vous, 9 heures, au cas où tu pourrais gratter une demi-journée… Tu pourrais être à Angoulême pour le déjeuner.

***

Le comité « Justice et liberté », situé à Paris, rue des Petites-Écuries, s'est donné pour mission d'aider à rouvrir des dossiers épineux, classés par la justice et dont elle n'a pas les moyens de s'encombrer. Dans 80 % des cas, les clients sont des réfugiés, des sans-papiers, des exilés politiques. Des affaires comme la nôtre, c'était plutôt rare. On nous a tout de suite aiguillées sur un avocat dont le nom s'est imposé aux deux personnes qui nous ont reçues. Maître Juan Pablo Berenguel, un ancien républicain espagnol émigré en France après la guerre, devenu depuis un ténor du barreau parisien, aujourd'hui retraité, ayant à son actif des victoires judiciaires qui avaient fait date.

Maître Berenguel nous a accueillies dans un appartement au plancher qui craque et aux amples rideaux de velours un peu mités, très poussiéreux, larges plis décolorés par le soleil. Un premier étage sur cour, plutôt sombre, rue Lhomond, dans le 5e arrondissement, et qui n'avait pas dû être repeint depuis des années.

Il nous a fait asseoir dans un petit salon suranné avant de s'absenter un moment. Lucie s'est tournée vers moi avec une grimace, « Il est vieux ! » Il est revenu avec un petit plateau et trois verres de sirop, « De l'orgeat, je ne bois que ça… », s'est placé en face de nous, sur un fauteuil paillé, en disant : « Si je me mets dans du mou, je m'endors… » La première impression était mitigée. Il attendait qu'on parle, j'étais brusquement très intimidée. La pièce était si sombre qu'il s'est relevé pour allumer le plafonnier.

Ensuite, il s'est un peu tassé sur lui-même, a croisé ses deux mains sur ses genoux et ses yeux se sont fermés à demi, j'ai pensé « ça y est, il s'endort ! », mais il a dit d'une voix ferme :

— Je vous écoute. Parlez-moi de votre affaire.

Lucie s'est lancée.

— Il s'agit de mon oncle, Louis Lemaître, qui purge une peine de quinze ans pour cambriolage à main armée…

Il l'a interrompue en la regardant tout à coup avec des yeux facétieux :

— Bigre ! On ne dirait pas, en vous voyant, que vous appartenez au milieu du grand banditisme…

Lucie ne s'est pas laissé démonter.

— Il a déjà purgé cinq années… il s'est évadé et ensuite… Enfin, il a replongé et…

Il l'a coupée de nouveau :

— Un récidiviste, quoi…

Et devant l'air agacé de Lucie :

— Oui, mademoiselle, c'est ainsi que cela s'appelle… Continuez.

Elle a tiré sa robe sous elle, je voyais qu'elle commençait à se sentir mal à l'aise. Bravement, elle a poursuivi :

— Mon oncle s'est… comment dire, racheté une conduite en prison. Il a fait des études, passé des examens, il a obtenu une maîtrise de philosophie…

Maître Berenguel hoche la tête en grommelant :

— En effet… bien sûr, bien sûr, enfin pour autant…

— Maître, pour aller droit au but, mon oncle est un homme exceptionnel, hors du commun, je sais, vous ne pouvez pas le croire simplement parce que je vous le dis, mais pourtant il faut me croire. Il m'a quasiment élevée, sans lui je serais… je serais peut-être dans la rue. C'est un détenu exemplaire. Il mérite cent fois sa libération conditionnelle.

L'émotion l'a fait rougir. Elle a hésité à poursuivre, a cherché mon regard.

— Ça, mon petit, je ne peux rien faire, c'est entre les mains du juge d'application des peines.

— Je sais !

Lucie a haussé le ton. Elle a secoué la tête dans ce mouvement que je connais bien, maintenant, quand les choses lui résistent, ses cheveux roux se sont échappés de son chignon. Elle a presque crié :

— Je sais ! Ce n'est pas ça, le problème, nous avons toutes les autorisations, il était sur le point de faire sa demande, j'ai loué un appartement pour le recevoir, j'ai un travail et puis…

Elle s'est arrêtée, à bout de souffle.

— Et puis ? a demandé le vieil avocat.

Dans sa voix, il y avait de la douceur. C'est moi qui l'ai dit :

— Il ne veut plus.

Ça se compliquait. Je savais qu'à partir de ce moment, il allait falloir jouer serré. Il a demandé :

— Comment ça, il ne veut plus ? Il ne veut plus quoi ? Il faut être plus claire, mon petit. Il ne veut plus sortir ?

— C'est ça, il ne veut plus faire sa demande.

Il s'est gratté le menton dans un bruit de papier de verre :

— Dans ce cas… Voyons, qu'attendez-vous de moi, exactement ?

Lucie s'était reprise.

— Il faut que je vous explique. Mon arrière-grand-père, Raoul Lemaître, a été victime d'une erreur judiciaire en 1923, on l'a accusé d'un crime dont il n'était pas coupable, et envoyé à Cayenne où il est mort deux ans plus tard sans avoir jamais pu prouver son innocence. La famille de ma mère, de mon oncle Louis, en a été détruite. Mon grand-père a sombré dans l'alcoolisme, il est mort fou. Ma grand-mère est morte dans la misère. Il n'y a jamais eu assez d'argent pour obtenir une révision du procès, ça coûte si cher… Ma mère… Je ne veux pas parler de ma mère. Et mon oncle a passé la moitié de sa vie en prison.

— En somme, mademoiselle, vous voulez que je m'occupe d'un procès en révision pour laver l'honneur de votre famille, mais d'une part je suis trop âgé…

— Non, l'honneur de ma famille, je m'en fiche. Mais j'ai compris récemment que mon oncle ne sortirait de prison que si son grand-père était blanchi. Tant que l'affaire reste en l'état, il refusera de sortir. Je ne sais pas comment vous l'expliquer, il ne le dit pas de cette manière. Je sais ce qu'il pense : que sa place est en prison. Que s'il accepte cette

« conditionnelle » dans ces conditions, il retombera, comme il l'a déjà fait.

Et Lucie s'est levée, elle s'est mise à marcher à grand pas dans le petit salon, elle a fini par dire, d'une voix étranglée par l'émotion :

— Il ne sortira jamais ! Vous comprenez ? Jamais ! C'est pour lui que nous sommes ici…

Il y a eu un long silence. Maître Berenguel ne répondait pas, et puis il a secoué lentement la tête.

— C'est une affaire complexe, très complexe… Je crains de n'être pas en mesure de vous aider. Il faudrait un temps, une énergie que je n'ai plus.

Nous étions atterrées. Il a poursuivi :

— Ce que vous demandez nécessite une enquête, une vraie enquête, approfondie, il faudrait retourner sur les lieux du crime, consulter des archives… Cela peut prendre des mois, des années… Je peux vous adresser à un confrère…

Je ne comprenais pas, on nous avait adressées à lui de manière évidente, immédiate lorsque nous avions raconté l'histoire, les deux filles du comité avaient semblé penser qu'il était le seul à pouvoir faire quelque chose.

Il s'est levé, l'entretien était terminé.

— Je m'occupe de cas plus simples à présent, plus administratifs en quelque sorte, des expulsions, des affaires politiques que l'on peut régler depuis un fauteuil et avec un téléphone… On a dû vous dire que j'étais quelqu'un d'engagé… (Il eut un petit rire.) Oui, engagé, je l'ai été… jusqu'à l'os. Mais je suis trop vieux… Je vais prendre vos coordonnées. Si je pense à quelqu'un…

J'ai ramassé mon sac sans un mot. La douche froide. Maître Berenguel est passé derrière un lourd bureau couvert de maroquin vert et s'y est installé en hochant lentement sa crinière blanche. J'ai pensé qu'il maudissait intérieurement ce sort qui le mettait en face d'un problème insoluble. Il a pris un bloc et un stylo.

— Je vais noter vos noms exacts, adresses, téléphone... Lucie... donc Lucie Lemaître... Isabelle... ?

— Isabel... avec un seul « l »

— À l'espagnole ? a-t-il fait tout en écrivant.

— Oui. Isabel Vilalta.

Cette fois, il a levé la tête, interrogatif.

— Au téléphone, j'avais entendu...

— D'Ussel Vilalta. Mon grand-père.

Je l'ai vu froncer les sourcils un instant, avant d'achever de noter mon numéro de téléphone, puis celui de Lucie. En nous raccompagnant à la porte d'entrée, je l'ai entendu murmurer, comme pour lui-même, mais dans ma direction :

— J'ai connu un Vilalta... Il y a bien longtemps.

Pour ne pas paraître impolie malgré ma furieuse envie de partir en claquant la porte, j'ai pris congé en ajoutant :

— Mon grand-père maternel s'appelait Fernando... Un nom très commun... Je ne l'ai pas connu, je n'ai même pas connu ma mère... Au revoir et merci, maître.

La porte s'est refermée sur nous et le pas traînant s'est évanoui dans les profondeurs de l'appartement. Nous étions dévastées.

# 50

Maison centrale de Poissy
*Juin 1996*

*Début d'été étouffant, journée anormalement caniculaire. Dans la salle d'attente, l'air est gluant, l'atmosphère grasse, des femmes s'épongent sous les aisselles avec des kleenex qu'elles fourrent ensuite dans leur cabas, odeur aigre de sueur, sièges en plastique collant aux cuisses, aux dos, aux bras, enfants énervés piaillant dans les poussettes, auxquels on cloue le bec en y fourrant des tétines crasseuses. Sur une table basse des magazines périmés, démantelés, un* Paris-Match *d'octobre 1992 (« BB est devenue Mme d'Ormale »),* Femme pratique, 20 ans *– quelqu'un a griffonné « et toutes ses dents » –,* Santé Magazine, *des brochures polycopiées « à l'usage des familles », grisées de traînées d'encre. Une* Équipe *dépiautée, datée du jeudi 27 juin, titre « Foot : Jour de Gloire ». Marseille a gagné la coupe d'Europe.*

*Aujourd'hui, l'attente, comme par un fait exprès, est encore plus longue que d'habitude. L'appel, finalement, le micro qui grésille en crachotant, « Famille Madaoui, parloir 2 ! »,*

*« Mademoiselle Picard, parloir 9 ! », « Famille Lavroste, parloir 3 ! ». Enfin, « Madame Dussel, parloir 7 ! »*

*Isabel se lève, défroisse sa robe, elle n'a pas l'habitude des robes, il fait si chaud c'est pour ça, la robe, peut-être un peu pour Louis, il a dit l'autre jour qu'il aimerait bien la voir en robe – très doucement, avec le sourire faussement timide qu'il sait prendre avec elle parfois.*

*Louis porte un t-shirt XXL, col largement échancré sur la poitrine, on voit ses poils, bruns et gris, ce n'est pas non plus dans son habitude, il est plutôt du genre à boutonner sa chemise jusqu'à la pomme d'Adam. Il l'attend debout, appuyé contre le mur. Il a un air heureux qu'elle ne lui a pas vu depuis longtemps. Elle s'en veut d'avoir à lui dire qu'elle n'a pas trop de temps, qu'elle va devoir écourter. Journée compliquée, elle a couru pour être à l'heure à ce parloir, coincée entre une sortie scolaire ce matin au bois de Vincennes, un rendez-vous de kiné et un autre de pédiatre.*

*Dans ses gestes à lui il y a une torpeur estivale, une décontraction de bon aloi. Il s'assied en face d'elle, étend les jambes, s'étire longuement en la regardant avec un fin sourire.*

*Pour la première fois, elle est un peu agacée de sentir qu'il a tout son temps.*

*— Je ne reste pas longtemps, j'ai à faire…*

*Il affiche une moue enfantine, feinte, un peu comique.*

*— Une heure… Je ne te laisse pas partir avant !*

*Elle hausse les épaules. S'en veut. Pourquoi cette humeur ? Pourquoi avoir fait tout ce trajet si elle n'est pas capable de faire bonne figure ? Lui, il s'en amuse.*

*— On n'est pas obligé d'être content, mais c'est tout de même plus poli…*

*Elle lui lance un regard noir. Exactement ce que disait sa grand-mère d'Ussel. « Il est poli d'être gai », quand elle recevait du monde et que la petite faisait la tête.*

*— Je ne fais pas la tête, je n'ai pas trop le temps et… voilà, une journée en vrac, pas trop envie de parler, en fait. Je sais que ça ne te dérange pas.*

*— D'accord. Alors il faut me laisser un petit viatique. Un petit mot gentil écrit de ta main. Cela fait longtemps que je n'en ai pas eu, de ces petites phrases fleuries qui ensoleillent ma journée…*

*Elle sourit enfin, sort son carnet.*

Mon cher Louis, je suis désolée, si désolée ! Désolée de montrer un visage préoccupé et sans doute pas très disponible. Me voilà happée par les obligations, mais si tu savais lesquelles, tu ne m'en voudrais pas. M'en veux-tu d'ailleurs ?

*Elle détache précautionneusement la feuille cousue du carnet, la lui donne. À son tour, il sort de sa poche le calepin bleu à spirales, en arrache une feuille quadrillée sur laquelle il griffonne, avant de la lui tendre avec un sourire de gosse qui vient de faire une bêtise. Isabel plisse le front en essayant de comprendre ce qui y est écrit :*

Ah, Marie !

Et je mariais braise et diablesses

Et j'étais le plus heureux des hommes !

*— Ça veut dire… ?*

*— Petite énigme à décrypter au retour… N'oublie pas que je suis un adepte des anagrammes !*

***

*Elle l'adore. C'est tout. Ce type, ses manières déconcertantes, tout. Dans le RER, elle s'escrime sur ces trois phrases, les retourne dans tous les sens, n'arrive à rien, arrive à Saint-Lazare, court jusqu'au métro Notre-Dame-de-Lorette, arrive en retard chez le kiné, arrive en retard à l'école, arrive en retard chez le pédiatre.*

*Quelques jours plus tard, Isabel conduit Marisol chez son père, à Lyon, pour un long week-end. Elle prend le train pour Annecy. Un voyage décidé il y a à peine une poignée de jours.*

# 51

Paris
*Automne 1996*

C'est l'avocat en personne qui a rappelé, vers la mi-juin. Le téléphone a sonné longtemps avant que je me décide à répondre. Quand je suis de mauvaise humeur, il m'arrive de débrancher ma ligne. J'ai aboyé :

— Oui ?

— Mademoiselle Vilalta ? Maître Berenguel. J'ai réfléchi. Je prends votre dossier.

Mon cœur a bondi comme un diable hors de sa boîte. Il a poursuivi :

— Oui, je le prends… Pour des raisons… en réalité… personnelles. Oui, tout à fait personnelles. Je pense avoir connu votre grand-père. C'est… Ce n'est pas le sujet, actuellement. Peut-être après. Après que nous aurons résolu notre affaire. Quand voulez-vous venir ?

***

Nous étions conscientes de l'énormité que représentait un procès en révision, soixante-dix ans après le premier. Mais Jean-Luc le confirmait, une loi venait d'être votée permettant la réouverture d'une instruction en cas de nouveaux éléments. C'est ce que j'ai dit d'entrée de jeu à l'avocat lors de cette deuxième visite. Maître Berenguel nous regardait alternativement, l'une puis l'autre, avec un fin sourire dans lequel je sentais de l'étonnement, voire une pointe d'admiration. Il nous avait accueillies avec beaucoup d'empressement, m'avait glissé d'une voix légèrement émue : « Je vous dirai, pour votre grand-père… je vous dirai, plus tard », avant de nous installer dans le même petit salon défraîchi, avec les mêmes verres de sirop d'orgeat. Mais cette fois, ses yeux pétillaient. Il voulait nous aider, il a demandé à en savoir davantage sur l'affaire, tout en prévenant qu'il ne tenterait que ce qui était dans la limite de ses possibilités.

— Vous êtes très courageuses, très téméraires, je m'en voudrais de jouer les rabat-joie… Mais vous n'êtes pas sans savoir qu'il y a eu mort d'homme, que l'affaire a été jugée et classée, que l'on n'a jamais trouvé d'autre coupable et qu'il n'y a pas d'élément nouveau qui permette…

J'ai dit :

— Si, justement, il y en a un.

D'un même mouvement, Lucie et maître Berenguel ont tourné la tête vers moi.

Je ne l'avais pas encore dit à Lucie. J'étais allée en Savoie, au début du mois, avant de récupérer Marisol chez son père à Lyon. C'était Jean-Luc qui m'avait conseillé cette démarche. J'étais allée jusqu'à Frontenex, le berceau de la famille Lemaître, j'avais passé une journée aux archives de la mairie. L'homme que Raoul Lemaître était accusé d'avoir assassiné s'appelait René Toicelade. Or, dans les registres d'état civil, il n'était fait aucune mention de sa mort. Il y avait seulement sa date de naissance, le 3 mai 1902. La famille Toicelade disparaissait des registres deux ans après l'affaire. Je m'étais présentée comme une romancière en mal de sujet et j'avais cuisiné le maire qui m'avait parlé volontiers, tout émoustillé qu'on puisse s'intéresser à un fait divers dont son village avait été le théâtre. D'après ce qu'il savait, le père de René Toicelade, Francis, s'était suicidé en 1923, la mère était morte de chagrin un an plus tard. Cela figurait dans les registres, avec les noms et les dates. Le maire m'avait également parlé d'un jeune frère, né en 1908, dont on disait qu'il était parti se marier en Italie.

Lucie paraissait décontenancée.

— Tu veux dire…

Exactement. Personne ne pouvait attester avoir vu René Toicelade mort. Le décès n'était pas enregistré. L'histoire locale avait fait sienne la version de son assassinat par Raoul Lemaître, le riche propriétaire de la scierie, mais le maire – dont la famille était établie au village depuis cinq générations – confessait n'avoir jamais entendu parler d'aucun élément attestant sa mort. Ça s'était passé à la fin de la guerre, les autorités administratives avaient d'autres chats à fouetter.

Lucie me regardait, bouche bée. Juan Pablo Berenguel s'était redressé sur son fauteuil.

Il a dit d'une voix lente :

— Effectivement… Ça change la donne.

Je ne m'étais jamais senti une âme de détective, mais les renoncements successifs de Louis, puis de Lucie m'avaient aiguillonnée. Sans doute ce qu'on appelle « l'énergie du désespoir ». Je me sentais une vitalité d'aube des temps. À l'heure où Louis abdiquait, je m'étais mise à vouloir. Louis avait beau affirmer, comme il me l'avait dit un jour, que « nous sommes perdus pour les grands desseins, seulement, dans le meilleur des cas, absorbés par notre présent », j'étais, moi absorbée par un grand dessein.

L'évidence s'était imposée d'un coup, une brusque lumière. Louis ne sortirait jamais du cercle infernal de la prison, de l'évasion et de la récidive si quelque chose de tangible ne modifiait pas l'engrenage de ce qu'il appelait la malédiction familiale.

Je me suis fixé un but, je crois que, pour moi, c'était la première fois que le but précédait l'action. En lui-même, il pouvait sembler utopique, mais il comportait d'innombrables actes à accomplir dont chacun était une renaissance.

Cette chose-là, si importante, le vieux combattant qu'était Juan Pablo Berenguel l'avait devinée dès notre deuxième rencontre. Comme il avait compris que la libération de Louis passait par la réhabilitation de Raoul, ou tout au moins par des démarches officiellement entreprises pour y parvenir. En peu de temps, Lucie et moi avons noué une relation affectueuse, presque paternelle, avec Juan Pablo. Et j'ai très vite compris que c'était pour nous, bien plus que pour Louis, qu'il s'était attaché à demander la réouverture du dossier. Sans trop croire au résultat, il a décidé de jouer le jeu. Il le faisait de manière absolument gracieuse, ce qui nous confortait dans le bien-fondé de notre action, puisqu'un grand professionnel s'était saisi de l'affaire.

Il avait connu un Vilalta, à l'époque de la guerre civile. Mon patronyme éveillait une mémoire forte qu'il se promettait de creuser plus tard, « après », disait-il, avant d'ajouter « si le temps m'en est donné ».

Lors d'un rendez-vous avec maître Berenguel, où je m'étais rendue seule, il m'avait confirmé la loi de 1989 qui permettait de rouvrir un dossier d'assises classé, en cas d'élément nouveau, et m'en avait précisé les modalités. Que René Toicelade ne figure pas au registre des décès de la commune de Frontenex où il était supposé avoir été assassiné en était bien un. Mais il en fallait davantage. Pour rouvrir le dossier, il faudrait prouver que n'existait ailleurs aucun témoignage attestant sa mort. Mieux, prouver qu'il n'était pas mort ni cette année-là ni en ce lieu-là. Il n'y avait qu'une seule piste et elle était mince : retrouver la trace du frère parti se marier dans le nord de l'Italie.

# 52

Paris
*Automne 1996*

Fin juillet, Lucie m'a téléphoné, en larmes, m'expliquant entre deux sanglots qu'on voulait lui enlever Marie-Pierre, c'est cette salope de Legras, Lucie avait reçu une convocation écrite, elle me l'a lue au téléphone, « *L'état de Marie-Pierre Falques, âgée de huit ans, nécessite pendant un temps des soins spécifiques qui ne se pratiquent pas au centre Arc-en-ciel. Avec l'accord de ses tuteurs légaux, M. et Mme Falques, habitant 3, route des Gravières, à Saint-Quentin-près-Alès, l'enfant sera transférée au centre X, près de Poitiers, pour une session de soins adaptés de trois mois.* »

— Transférée à Poitiers, Isabel ! Tu te rends compte ! Sans moi, cette gosse, elle coule direct ! Si on me la retire…

Lucie était à l'agonie. C'était elle qu'il fallait apaiser.

— Lucie, calme-toi, on ne te la *retire* pas. Marie-Pierre part pour une durée limitée, dans trois mois tu la retrouves…

— Ils ne me la rendront pas, je suis sûre qu'ils ne me la rendront pas, Legras, ça la rend folle que Marie-Pierre aille mieux avec moi…

J'étais catastrophée, il me semblait de nouveau que Lucie se trompait de combat, il me semblait surtout qu'elle me lâchait.

Il a fallu du temps pour calmer Lucie. Des paroles et des assurances et des arguments, je ne sais même pas où je les ai trouvés, pour cautériser cette plaie vive, consoler Lucie, la rassurer, la faire s'endormir sur son chagrin de bête. Il a fallu trouver les phrases qui rassérènent, les pensées qui soulagent, Marie-Pierre reviendrait au Centre, sans doute, si là était sa place, je n'étais plus sûre de rien, mais je le lui ai dit, ainsi, « si là était sa place ». C'était à ça qu'il fallait qu'elle se prépare durant ces trois mois, oui, Lucie, il te faut préparer ce retour avec le Dr Legras, dans le sens du poil et pas le contraire, Lucie tu es trop impétueuse par moments, il faut laisser du mou, c'est le message de ce Dr Legras, cette femme que tu détestes, accepte-le, surtout ne te montre pas trop atteinte, affiche un visage professionnel, moins passionné, tu comprends ? Lucie renifle, se mouche bruyamment à l'autre bout du fil, oui, je comprends, c'est toi qui as raison, ça va être difficile, mais je vais essayer. Oui, je vais venir à Paris, rester un peu avec toi, ça me fera du bien, et puis quand je redescendrai, je parlerai calmement à Legras, oui, oui, ça va aller.

Cette période a été difficile sur tous les fronts. L'attitude de Louis, elle aussi, me troublait profondément. Il se montrait las, soulagé, fataliste. Il disait qu'il était heureux, se présentait parfois au parloir en tenue « décontractée », disait-il, négligée, en réalité. C'était d'autant plus frappant qu'il avait toujours attaché de l'importance à son apparence ; ainsi qu'il me l'avait un jour expliqué, c'était une marque de respect envers les autres. Ce laisser-aller me plongeait dans le désarroi. Ne sachant rien de ce que nous entreprenions pour lui, il poursuivait le même monologue désabusé sur sa vie, ses échecs.

— J'ai quelquefois le sentiment que je n'aurai pas assez de ma vie pour purger…

Tout en devinant cette part obscure de la filiation qui, hors de toute raison, se retrouve en dette à plusieurs générations de distance, je me suis demandé à quelle « faute » Louis pensait.

Durant cette première quinzaine de juillet, je me suis laissée aller, moi aussi. J'ai flotté. Comme Louis. J'ai conduit Marisol le matin au centre aéré en me contentant d'enfiler des baskets et de passer un manteau sur mon pyjama, j'ai fumé au lit, écouté n'importe quoi à la radio. Fumé beaucoup. Laissé les mégots dans les cendriers, le panier à linge sale déborder, les bols de café refroidis sur la table de la cuisine. Écouté la radio des journées entières, mis en boucle Alain Baschung et ses « Mots bleus » et Janet Jackson dans « That's the way love goes ». Fait des kilomètres de listes sur l'envers du carnet où j'écris mes notes (*prendre billets de train, prendre couette au pressing, appeler Juan Pablo, appeler Jean-Luc pour confirmer date arrivée, rdv pédiatre pour renouvellement ordonnance, réserver voiture Lyon, réserver chambre hôtel, écrire Violette*).

Le soir, je restais des heures au téléphone avec Lucie dont le moral en dents de scie suscitait chez moi des sentiments contradictoires d'énervement et d'empathie.

Soutenir Lucie de loin, faire des jeux avec Marisol, l'emmener au parc, m'habiller vraiment deux fois par semaine pour aller à Poissy, quelque chose de mou s'est glissé dans les journées, qui ressemble au calme avant la tempête.

Les choses ont fini par s'apaiser pour Lucie au centre Arc-en-ciel, Marie-Pierre a été maintenue à l'IMP. J'en étais heureuse pour Lucie, elle se rendrait plus disponible pour Louis. Pour nous. Elle est remontée à Paris pour deux autres rendez-vous avec maître Berenguel. Il s'était pris de passion pour notre affaire. Il avait senti, avec son flair de vieux renard s'étant frotté à l'animal humain sous toutes ses coutures, que Louis Lemaître était suffisamment intelligent pour finir par se laisser convaincre : oui, il avait droit à une vie à l'air libre. C'était la toute première étape du processus, et Juan Pablo m'avait dit, non sans un certain amusement, qu'il voyait là un enjeu judiciaire inédit : que son « client » accepte de sortir de prison.

En réalité, la figure de ce détenu singulier avait éveillé en lui une émotion venue de très loin, du tréfonds de son parcours d'homme. Le souvenir d'un autre homme hors du commun, qui avait croisé son existence du temps de la guerre civile espagnole et auprès duquel il avait contracté une dette de vie qu'il ne pourrait, lui, jamais honorer.

J'ai appris le fin mot de l'histoire lors de mon dernier rendez-vous avec lui. Il partait le lendemain pour sa campagne, près de Giverny, où il restait tout le mois d'août avec sa femme, mais se tenait à notre disposition en cas de nouveauté. Je partais, quant à moi, quelques jours plus tard.

L'homme dont il a voulu me parler avait été torturé atrocement en 1938 pour avoir organisé puis couvert l'évasion du combattant républicain Berenguel des geôles franquistes. Celui-ci s'appelait Fernando Vilalta. Transféré et jeté pour mort dans un fossé du nord de l'Aragon, il avait été trouvé agonisant par un berger qui l'avait sauvé et fait passer en France, à Pau, où il avait été hospitalisé et soigné. Il s'était marié avec une infirmière, avait eu peu de temps après la guerre un enfant, une fille, Maria. Gravement atteint, affaibli par la prison et les sévices, il avait contracté une infection et était mort lorsque la fillette avait à peine trois ans. Par le réseau des réfugiés espagnols, maître Berenguel avait appris le destin de Vilalta, son sauvetage, le transfert à Pau, la naissance de Maria, puis sa mort, conséquence de la torture en 1949.

Cet homme, c'était mon grand-père.

# 53

Paris
*Automne 1996*

Le 29 juillet, j'ai déposé Marisol à Lyon chez son père, loué une voiture et me suis installée pour un mois dans un hôtel de campagne, aux environs du Bourget-du-Lac. Une auberge délicieuse, avec papier peint au mur, escalier qui craque, six chambres en tout, des balcons fleuris de géraniums et une patronne à la gaieté solaire. C'est Jean-Luc qui m'avait donné l'adresse. De là, j'ai sillonné les cimetières et les mairies de toute la région.

J'avais prévenu Louis que je partais en vacances avec Marisol, il devrait prendre son mal en patience. Un mois, pas plus. C'était long, je le savais, j'avais besoin de ce temps. Malgré ma promesse de lui écrire souvent, il avait accueilli l'annonce de mon départ avec une mauvaise grâce que je ne lui connaissais pas.

Cette période a été exaltante, je peux même dire heureuse. La nature était splendide, elle avait encore l'exubérance verte du début d'été, sur les hauts pâturages semés de gentianes et de digitales paissaient des vaches rousses qui carillonnaient à chaque pas sous de lourdes cloches. Il m'arrivait d'arrêter la voiture dans un départ de chemin, de m'étendre à l'ombre d'un poirier sauvage où vrombissait toute une petite faune ailée ; je sortais mon cahier, celui sur lequel j'avais consigné avec Juan Pablo les lieux à explorer, les mairies à visiter, les rencontres à provoquer ; carte en main, je faisais le point, préparais la journée du lendemain. Le soir, je téléphonais à Lucie ou à maître Berenguel, ainsi qu'il m'en avait priée, pour lui rendre compte de mes démarches.

Début août, au village de Peisey-Nancroix, j'ai été aiguillée, au hasard d'une conversation de café, sur un gros propriétaire dont la famille, m'assurait-on, employait depuis des générations des ouvriers agricoles frontaliers au moment de la fenaison, une main-d'œuvre italienne moins chère. Sans trop y croire, j'ai téléphoné, pris rendez-vous, expliqué ma recherche. Au téléphone, l'homme s'est piqué au jeu. Oui, il y avait des archives, bien sûr, de grands registres noirs qui étaient au grenier, on savait qui était passé ici, sa grand-mère avait toujours tenu les cahiers à jour. C'est autour d'une tasse de café et d'une assiette de biscuits que j'ai lu le nom de Georges Toicelade, ouvrier, sans domicile, ayant séjourné à la ferme entre mai et octobre 1921, parti se marier avec une Italienne de la région du Piémont, une certaine Adriana Capelli, rencontrée à la ferme pendant la même saison.

« Même si vous ne trouvez aucune preuve tangible que René Toicelade n'est pas mort en 1923, savoir qu'aucun membre de la famille n'est resté dans la région à l'époque du meurtre peut suffire pour rouvrir une enquête… » C'est ce que Juan Pablo Berenguel nous avait dit. La fenêtre de tir était étroite, les chances de réussite infimes, mais il fallait continuer, de cela il était convaincu et sa conviction me donnait des ailes.

J'ai appelé Juan Pablo le soir même. J'ai dit :

— Je sais où vit le frère de René Toicelade. Dans le Piémont, à quelques dizaines de kilomètres d'ici, à vol d'oiseau.

Sur le coup, il est resté sans voix au bout du fil, avant de demander :

— Vous êtes sûre qu'il vit encore ?

L'homme de Peisey-Nancroix m'avait assuré qu'il était encore vivant l'année précédente. *A priori*, il ne fallait pas perdre de temps. J'ai senti Juan Pablo hésiter, j'ai enchaîné :

— C'est formidable, non, vous ne trouvez pas ?

Il m'a proposé de revenir à Paris, de préparer la suite ensemble, manifestement il était inquiet pour moi. « Vous avez de l'argent ? Vous ne vous sentez pas fatiguée ? »

J'ai répondu :

— Maître, je vais très bien, je ne suis pas fatiguée, ma fille est avec son père jusqu'au 15 août, je suis libre, je ne vais pas remonter à Paris maintenant !

Alors il m'a rétorqué :

— Très bien... Vous passez la frontière et vous y allez.

## 54

Ils avaient le téléphone, mais je leur avais écrit pour les prévenir de mon appel et expliquer ma démarche. J'ai attendu trois jours, à l'hôtel du Bourget-du-Lac, pour être sûre que la lettre était arrivée. J'en ai profité pour potasser la carte départementale. J'ai pris la route un vendredi matin, tôt, avant les premières chaleurs.

Pour se rendre dans la vallée de l'Orco, il faut emprunter le Val-d'Aoste par l'autoroute, on passe la frontière à Pont-Saint-Martin, le premier bourg italien s'appelle Quincinetto. Je m'y suis arrêtée pour déjeuner d'un panini et d'une grappe de raisin. En août, le paysage est magnifique, des vaches grasses paissent dans la chaleur, noyées dans l'herbe haute. Vergers d'Éden, prunes noires, bleutées dans l'abondance verte, pommiers croulants déjà sous les fruits. Puis on s'engage dans le Val de Locana et on longe le torrent Orco jusqu'à Pont-Canavese. Là, le fond de vallée est si étroit que certains villages du Val ne voient presque jamais la lumière ; j'avais hâte de trouver l'embranchement qui me ramènerait vers le soleil.

En début d'après-midi, j'ai pris une petite route folle qui tortillait jusqu'à un village haut perché au nom de valet de comédie italienne. Frassinetto. C'était là. Le village est minuscule, pas vraiment un hameau à cause de l'église et de l'épicerie-tabac, mais presque, vu le nombre d'habitants. Sur la placette centrale, un imposant mûrier et une cabine téléphonique sans porte.

C'est la femme qui m'a répondu, une voix légèrement fêlée, parlant français avec un rude accent italien. Adriana Toicelade, prononcé à l'italienne, avec les « e » fortement appuyés en « é ». Empressée à me passer son mari. Sans doute le téléphone ne sonnait-il pas souvent, ou peut-être ma lettre avait-elle suscité sa curiosité ; il m'a dit très vite : « Vous êtes où ? » J'ai dit : « Ici, à Frassinetto. » Il a enchaîné : « Venez pour le café. »

La maison ressemble à une gravure champêtre, avec une vigne courant sur toute la façade. Le café est bon, fort, à l'italienne. J'ai à peine pu poser mes questions. Georges Toicelade a parlé comme s'il attendait cette rencontre depuis longtemps. Il a parlé comme fuit un tonneau brusquement débondé.

— René avait dix-huit ans quand la guerre a éclaté, et vingt en 1916 quand il a dû partir au front. Il venait de se fiancer et en août, ils l'ont appelé. Il y avait la bataille dans la Somme, je crois bien, René, il avait encore que dix-neuf ans, vu qu'il était de décembre, mais ils appelaient la classe de 1894, alors il devait y aller. Moi, j'étais gamin, j'avais treize ans, alors vous pensez… Le René, il est revenu en permission à Noël… Détruit… Oui, comme je vous dis, détruit. Il pleurait, il était à moitié fou de ce qu'il avait vu. Il disait qu'il y retournerait pas, qu'il préférait se mettre une balle ici, chez nous… Moi, j'écoutais ça dans mon coin, ça me faisait effet… Et mon père qui le traitait de tous les noms, de lavette, de lopette, il lui mettait même des baffes, il criait « tu vas y retourner, c'est moi qui te le dis ». Mais y avait rien à faire… Il voulait pas y retourner. Moi, j'étais gamin, c'était mon frère aîné, alors pensez, ça me frappait de le voir comme ça… Et sa fiancée qui habitait à la maison, qui pleurait aussi, une vraie fontaine, fallait voir le tableau. Mon père les a mis dehors, il a dit qu'il voulait plus loger sous son toit un moins que rien. Alors ils sont partis en ville, du côté de Chambéry, je crois, on n'a plus entendu parler d'eux. Quand même, ma mère, elle se faisait du souci. Un jour, elle est partie là-bas pour s'enquérir. C'était encore la guerre, ça devait être six mois après, quelque chose comme ça. Elle les a retrouvés, figurez-vous, mais dans quel état, ça c'est autre chose… Elle avait beau demander après René Toicelade, personne connaissait. Sa femme, elle s'appelait Angela, elle était italienne elle aussi… Enfin, on disait Angèle. Et un jour, quelqu'un lui a dit « Y a bien deux femmes qui se sont installées là-bas, de l'autre côté du pont, y en a une qui s'appelle Angèle, l'autre Renée, mais je pense pas que… » Là, ma mère, elle a eu l'idée. Les mères, ça connaît bien les fils, surtout les aînés, j'en sais quelque chose, pas vrai Adriana, le fils aîné elle le couve encore comme une poule alors qu'il a passé soixante ans, qu'il est marié, qu'il a un bon emploi, il a son petit garage et il pense pas du tout à la retraite, lui, mais je vous disais, ma femme, tenez, l'autre jour…

J'ai dû le remettre sur le chemin de son récit.

— Non, Georges, s'il vous plaît, parlez-moi plutôt de votre frère, vous en étiez à la visite de votre mère, à Chambéry…

Il s'est tapé le front, a secoué la tête.

— Oui, oui, c'est ça, c'est vieux, tout ça aussi ! Alors elle y va. Et elle les trouve. Seulement lui, il est en femme.

Je devais avoir l'air stupéfait, ahuri. Il s'est arrêté un instant et m'a regardée intensément, comme pour s'assurer que je comprenais ce qu'il me disait, avant de poursuivre :

— Ben oui, il était habillé en femme, la robe, le tablier, les cheveux, le chapeau, tout. Ils disaient aux gens qu'ils étaient, enfin qu'elles étaient cousines… Je pense qu'ils ne sortaient pas beaucoup, Angèle peut-être pour faire les courses. Enfin, ils ont monté toute une histoire, personne ne s'est posé de questions, et ma mère, ma foi, plutôt que de le voir tué à la guerre, elle le préférait comme ça.

Georges a fait une moue, encore incrédule après soixante-dix années. J'ai repris ses mots :

— « Comme ça », vous voulez dire… en femme ?

— Oui. Elle est repartie chez nous, ma mère, elle n'a rien dit. Elle a dit qu'elle ne les avait pas trouvés. Après, elle va revenir les voir régulièrement. Mais ça, on le saura pas, mon père et moi.

Il est resté silencieux. Et dans son silence à lui, le poids d'un autre silence, celui de toute une famille, des années de honte, de souffrance pour lui, peut-être. Pas sûr, il s'est taillé une autre vie, lui, a franchi une frontière pour se bâtir un autre horizon, dans une autre langue.

J'étais sur des charbons ardents, je sentais que ce vieil homme avait besoin de ce temps, qu'en racontant tout ce dont il n'avait peut-être jamais parlé depuis les faits, une réalité resurgissait, qu'il lui fallait aujourd'hui, dans le temps qui lui restait à vivre, accepter, « traiter » comme on le fait d'une information. D'un point de vue sans doute très différent de celui d'il y avait soixante-dix ans, quand le seul avenir possible se situait au-delà de la frontière. J'ai attendu, dans une sorte de fièvre. Georges s'est tu. Il secouait doucement sa tête grise en regardant dans le vide, comme s'il ne croyait pas à ce qu'il était en train de raconter.

Il a poursuivi, lentement, sans me regarder :

— Ça a duré comme ça tout le restant de la guerre. Elle y allait, la mère, quelquefois nous on savait même pas qu'elle partait, mon père était aux champs, elle disait qu'elle allait au grand marché, puis voilà. Elle leur portait des légumes, des conserves, un saucisson, de quoi vivre. La guerre s'est arrêtée, comme vous savez, en novembre 1918. Mon père, il demandait plus jamais des nouvelles de son fils, mais là, on sentait bien, à l'approche de Noël, qu'il aurait bien voulu en avoir. Et voilà qu'un jour, il le demande à ma mère. « T'as eu des nouvelles du René, va-t-il venir pour les fêtes ? » Et là, ma mère, elle se met à pleurer. Mais elle lui a quand même rien dit, parce qu'elle espérait que, maintenant que la guerre était finie, il allait se remettre en homme et venir pour Noël. Elle était prête à raconter une histoire à mon père, comme quoi René, il s'était bien battu, peut-être même il avait eu une médaille, l'histoire ils l'auraient montée tous les deux avant que le père arrive. C'est ce qu'elle voulait lui proposer. Mais c'est pas du tout ce qui s'est passé !

Il s'est encore arrêté de parler, a pris la cafetière. « Encore ? » J'ai avancé ma tasse. Sa main tremblait, il a renversé un peu de café sur la nappe. Adriana s'est précipitée avec une éponge. J'étais suspendue à ce récit hallucinant.

— Il a décidé de rester en femme. Me demandez pas comment, pourquoi. Il l'a dit à ma mère, tout sec : « Je reviens pas et puis je reste comme ça, parce que s'ils m'attrapent, je serai emprisonné comme déserteur. » Ma mère, ça lui a fait bizarre, mais elle l'a encore compris. Le pire, c'est que sa femme, l'Angèle, elle était restée. Ce qu'ils trafiquaient, tous les deux...

Georges a eu un geste évasif.

— Enfin, on peut pas comprendre, nous autres... Toujours est-il (il fait la liaison du « s » tout en roulant le « r »), toujours z'est-il que ma mère, elle a dit à mon père qu'elle savait rien. Alors mon père, il s'est adressé aux armées, il s'est dit qu'il y était peut-être allé quand même, il voulait savoir pourquoi son fils revenait pas. Ça lui aurait plu qu'il soit mort au combat. On aurait mis son nom au cimetière sur le monument, enfin bon... Et bien sûr, le René il était pas au registre des morts de la guerre. Là-dessus... Oh, je ne sais plus trop comment ça s'est passé, ma mémoire n'est plus là...

Il s'est pris la tête à deux mains et l'a comprimée comme pour en extraire ses souvenirs.

— Je crois qu'il y a eu des rumeurs... C'était plus tard, ça... Oui, parce que c'était après l'amnistie pour les déserteurs, en 1921... Donc, trois ans après, vous imaginez, pendant trois ans, ma mère qui garde le secret... Et le frère qui revient pas. Quelqu'un, un type au bistrot, un soir de cuite, vous savez comment c'est, il se vante d'avoir eu une relation sexuelle avec un homme déguisé en femme. Ça remontait à la fin de la guerre. Là-dessus, un autre, pareil, mais là, c'était il y avait pas si longtemps. Sur le coup, mon père il a rigolé comme les autres. Mais après l'amnistie pour les déserteurs, un peu plus tard, René revenait toujours pas, mon père le croyait mort à la guerre, il prenait des colères contre les armées qui lui rendaient pas son fils, ma mère elle disait toujours rien... Moi j'avais tapé dix-huit ans, j'y pensais plus trop, vous savez comme on est... En tout cas, s'il était pas mort, pour moi il avait quitté le pays, c'était sûr.

Il sort de sa poche un mouchoir à carreaux large comme un torchon et s'essuie longuement le crâne puis le cou, en rentrant à l'intérieur du col de la chemise.

— Enfin bref, ma mère a craqué. Un jour, elle a essayé de se pendre. J'étais encore chez nous, je me rappelle bien, j'avais fané nos prairies, la journée, là-haut avec le père... C'est lui qui l'a retrouvée dans la grange, il l'a détachée elle était déjà bleue. Et là, elle a tout dit. Elle savait qu'elle leur causait la mort à tous les deux. Mais elle était à bout, ça la rongeait. C'est là que moi je suis parti... C'était en... voyons... vers juin 1921, du coup...

Georges s'interrompt un instant, perdu dans ses pensées, avant de conclure :

— Moi, j'ai toujours pensé qu'il était parti en Italie, dans sa belle-famille ou dans le coin, ils étaient de Sicile, je crois.

Il a un petit rire :

— Si ça se trouve, on est même pas loin...

Il se tait à nouveau.

— Et ensuite... Vous avez eu des nouvelles ?

Il soupire longuement.

— Il y a toujours de bonnes âmes pour vous informer de vos malheurs... Ensuite, je me suis embauché comme ouvrier agricole, tout un été, celui d'après, je crois bien. 1922... Oui, puisque c'est là que j'ai rencontré ma femme... L'hiver d'après, en décembre 23, j'ai appris la mort de mon père. C'est lui qui s'est suicidé, finalement, en se tirant une balle avec son fusil de chasse. Vous comprenez, quand il a compris que son fils avait fait le tapin à Chambéry pendant toute la guerre... Il y avait cette vieille haine avec les Lemaître, ceux de la scierie. Raoul et mon père se détestaient. Raoul Lemaître, ça faisait bien son affaire, l'histoire de mon frère qui faisait le trottoir en femme, il ne s'est pas fait faute d'en parler dans le pays. Mon père, ça l'a rendu fou. Bref, la vieille haine s'est rallumée. Avant de se supprimer, il a fait courir le bruit que Raoul Lemaître avait tué son fils avant de le balancer dans la Durance. Il paraît qu'il a payé des gens pour témoigner, pour faire de faux papiers, des attestations et je ne sais quoi encore... Ça a marché, me demandez pas comment, Lemaître a été condamné... Pour une fois, la justice a été expéditive ! Mon père a attendu ça pour se tuer.

J'étais abasourdie. J'ai presque crié :

— Mais... mais ces gens, il faut les retrouver !

— Alors ça, ma petite... J'étais parti, faut pas l'oublier. Je ne suis jamais revenu à Frontenex. Pour moi aussi, c'est une histoire... Vous savez, l'année suivante, ça a été ma mère, elle en est morte de tout ça, les chagrins, les soucis, elle a déclenché la maladie, ça me fait peine rien que de m'en rappeler...

Pensif, il a ajouté :

— Vous vous rendez compte, mon père a attendu l'arrestation de Lemaître et sa condamnation et il s'est tué. Il avait plus rien à perdre, il sauvait l'honneur de mon frère, enfin, selon lui... L'honneur de la famille, quoi... et il savait que la justice suivrait son cours. C'est ce qui s'est passé. Lemaître a été envoyé à Cayenne. Dans le pays, un doute a toujours plané, mais les morts ne réclament pas, alors...

Adriana a apporté une vieille prune. La pièce était sombre à cause des volets à moitié fermés pour la chaleur. Du plafond pendait une bande collante sur laquelle agonisaient bruyamment des dizaines de mouches noires. Georges s'est tu. Il a tendu son verre à Adriana et l'a tenu un moment sans le porter à ses lèvres, perdu dans ses pensées. J'ai bu le mien d'un coup en faisant une grimace, l'alcool était fort. Georges a murmuré « 45°. » Une femme est entrée, une jeune et jolie brune, portant un panier de haricots verts qu'elle a posé sur la table.

— *Tre chili ! Non vado a diventarlo sola ! Andate, si va lì ! Giuseppe viene anche !* Adriana a murmuré :

— *La mia bella ragazza...*

Je me suis demandé un instant si je devais participer à l'épluchage des haricots, si d'autres souvenirs allaient venir qui auraient peut-être complété, éclairé encore cette extravagante histoire. Et puis non, le visage du vieil homme s'était refermé, Georges ne dirait plus rien.

— Merci mille fois pour le café, pour tous les renseignements...

Il a hoché la tête, sorti à nouveau son grand mouchoir de sa poche, s'est essuyé le front, puis le visage comme s'il venait de courir un marathon. J'ai pris congé et ils m'ont embrassée comme si j'étais de la famille.

Tout en marchant vers la voiture, j'ai pensé qu'il n'avait même pas demandé pourquoi je désirais savoir tout ça.

# 55

Maison centrale de Poissy
*Août 1996*

*Cela a pris plus de temps que d'habitude de se retrouver. Louis l'a accueillie froidement, s'est assis sans un mot. Silence, au début, il est comme un mur et son cœur à elle cogne contre ce mur. Du temps s'écoule dans ce silence, un temps dur et violent comme une arme de poing :*

*— Tu étais où ?*

*— Je vais te raconter… Je…*

*— Il faut me prévenir ! Il faut pas me laisser comme ça comme un con !*

*— Je t'avais dit, je devais conduire Marisol et puis…*

*— C'est long, bordel, un mois !*

*Il se prend la tête dans les mains, se passe rageusement la main dans les cheveux, la regarde à nouveau :*

*— Putain, je vais devenir chiant, tyrannique… tout ce que je déteste ! Oui, tu m'avais prévenu. Mais après… Je t'ai*

*imaginée au soleil, en vacances, à te dorer la pilule, heureuse, quoi… Et ça m'a fait chier, ça m'a vraiment fait chier !*

*Elle dit doucement :*

*— Heureuse, je ne sais pas… peut-être… mais je n'étais pas en vacances.*

*Lentement, elle ajoute :*

*— Louis, je vais t'expliquer ce que j'ai fait.*

*Elle a parlé d'une traite, presque sans s'interrompre et sans le regarder, lui qui la dévore des yeux maintenant, hypnotisé, regard fixe, bouche entrouverte comme un gosse qui écoute une histoire. Elle n'a pas commencé par le début, la rencontre avec maître Berenguel, le comité « Justice et liberté », non, elle a commencé par la fin.*

*— René Toicelade n'est pas mort en 1923. Aucun document attestant sa mort n'existe, je l'ai vérifié, il a disparu de tous les registres administratifs. Probablement pour émigrer. Il reste à trouver cette preuve. Retrouver la trace de cet homme qui vit peut-être quelque part aujourd'hui, qui a peut-être des descendants.*

*Elle pense que là, sur la question des descendants, sans doute non, c'est peu probable, et elle ajoute : « Enfin, ça on n'en sait rien », elle n'entre pas dans les détails, c'est trop compliqué, trop récent, trop invraisemblable encore, l'histoire racontée par Georges Toicelade. Elle ne veut pas bâtir l'espoir sur un récit qui ressemble à un roman. Elle dit qu'elle a rencontré son frère, émigré dans le Piémont, elle a retrouvé sa trace, y est allée, elle décrit le paysage de toute beauté, l'été glorieux, la rude épouse italienne, le vieil homme aux yeux transparents, c'est lui qui a raconté la disparition de son frère René. Elle ne veut dire que ce dont elle est certaine : il n'est pas mort, c'est sûr, enfin pas à Frontenex en 1923, il faut seulement parvenir à le prouver et*

*Raoul Lemaître sera très certainement blanchi. C'est ce qu'on va faire, maintenant. Et maintenant seulement, elle parle de maître Berenguel, du comité.*

*Durant tout le temps où elle a parlé, avec cette autorité nouvelle, Louis ne l'a pas quittée des yeux, ses lèvres sont sèches lorsqu'il articule d'une voix sans timbre :*

*— Tu as fait cela ?*

*Et elle le répète, encore et encore :*

*— Oui, je suis allée là-bas, j'ai rencontré le frère…*

*Lui, il secoue la tête, incrédule, chamboulé.*

*— Tu as fait cela… Tu l'as fait…*

*Et elle, sans se lasser, parce que maintenant il faut le faire entrer dans sa tête de bois, dans sa caboche de détenu à vie, elle le redit :*

*— Raoul Lemaître était innocent, nous sommes sur le point de le prouver. Il n'existe aucune trace de la mort de René Toicelade. Il avait sans doute quitté le pays depuis longtemps à l'époque de ce prétendu meurtre dont personne n'a le moindre indice, il était déjà parti en Italie ou en Sicile… Probablement une sale affaire de vengeance… Ton grand-père sera blanchi…*

*Et il pleure. Il pleure, le grand Louis. Il s'excuse, bafouille, se prend le visage dans les mains puis, dans les mêmes mains mouillées de larmes et de bave, il prend le visage d'Isabel et il ne craint pas de lui montrer son visage à lui, ravagé par l'émotion, et ses lèvres gonflées, tremblantes, et il embrasse Isabel, il baise sa bouche, à petits coups, plusieurs fois qui ressemblent à des sanglots.*

# 56

Paris
*Printemps 1997*

À l'automne, Juan Pablo a déposé un recours. Il a demandé la révision du jugement de 1923, plus précisément « l'annulation de la condamnation de Raoul Lemaître pour meurtre au bénéfice du doute ». Les choses étaient désormais entre les mains de la justice et le cours de celle-ci pouvait être long. J'avais demandé à maître Berenguel si on pouvait avoir une certitude, il m'avait franchement répondu : « Non, la seule certitude que nous ayons est que le dossier sera réexaminé. Qu'une réouverture est possible. Possible, pas certaine. En matière de justice, il n'y a jamais de certitude. »

Sa réponse m'avait plongée dans un profond découragement. J'avais été jusqu'au bout de ce que je pouvais faire, les cartes n'étaient plus dans mes mains, mais dans celles des magistrats, dans des bureaux confinés, dans des articles de code, loin, si loin de Louis, de Georges Toicelade et des sommets lumineux de la Savoie d'été que j'avais parcourue.

Pourtant, il fallait tenir. C'est ce que disait Juan Pablo. Aider Louis à tenir, lui aussi. Je m'en voulais de lui avoir parlé dès mon retour, c'était prématuré, je lui avais fait entrevoir un possible qui n'avait pour l'heure rien de réaliste. Tout pouvait retomber comme un soufflé. Je me sentais tout à coup un peu ridicule, je m'étais fait un film, j'avais construit un scénario et impliqué dans ma partie un homme qui, lui, jouait sa vie en prison.

La décision de la Cour de révision et de réexamen pouvait prendre des mois. Oui, il fallait tenir. Ne pas montrer mon découragement ni ma fatigue, mais un visage gai et positif. C'était difficile. Louis me prenait dans ses bras et j'enfouissais mon visage dans son épaule pour ne pas pleurer. Pour parler d'autre chose, je lui ai raconté la coïncidence de ma rencontre avec Juan Pablo, l'histoire de mon grand-père qui lui avait sauvé la vie au temps de la guerre d'Espagne. Cette histoire l'a touché et ému, il m'a demandé des détails, il a voulu en savoir plus sur maître Berenguel, je lui ai dit ce que je savais, c'est à dire pas grand-chose.

Fin octobre, je venais de déposer Marisol à l'école, il faisait beau, je prenais un deuxième café en terrasse avec mon quotidien habituel. « Les Français face à la réunification allemande. » « La cohabitation a du plomb dans l'aile. » Je regardais les gens, une mère tenant par la main une enfant trisomique est passée devant moi, elle s'est arrêtée un instant pour lui parler, s'est accroupie pour être à sa hauteur et rajuster le bandeau qui tombait sur les yeux de la petite fille, elle a embrassé tendrement son enfant abîmée, lui a caressé le front et j'ai pensé à Marie-Pierre. Puis à Lucie, qui venait de passer le week-end chez moi et était repartie la veille.

Comme d'habitude, j'ai commencé par feuilleter toutes les pages du journal. Je lis toujours dans le même ordre, les titres, les chapeaux, puis les faits divers, les dépêches, les entrefilets et les notices nécrologiques, avant de m'engager dans un article. Il y avait l'histoire d'une étudiante qui arrondissait ses fins de mois en faisant commerce de son corps et qui était jugée pour « outrage à la pudeur dans un lieu public » au lendemain d'avoir passé avec succès ses examens en vue d'une maîtrise… de droit !

Je me suis demandé si je pourrais le faire, cela, vendre mon corps, si j'en serais capable. Au sens de l'enjeu enfantin : « cap », « pas cap ». Est-ce que je serais « cap » ? Ce ne devait pas être si compliqué, il suffisait de fermer les yeux, de penser à autre chose, c'est-à-dire avoir une image qui n'appartient qu'à soi… Est-ce que se faire engueuler à longueur de journée par un petit chef, dans un bureau, devant d'autres qui ricanent sous cape, cela n'est pas plus humiliant ? Que perdait-on vraiment ? Son honneur ? Sa dignité ? Louis disait qu'on était seul juge de soi-même. On est seul face à soi-même, seul à savoir ce que l'on perd ou ce que l'on gagne de dignité. J'ai repensé à cette fille, l'étudiante, je me suis dit qu'elle avait du cran, et puis non, l'épisode de l'outrage à la pudeur ne me plaisait pas, elle n'aurait pas dû se faire prendre, cette fille.

J'aime bien les brèves. Je les lis régulièrement dans les quotidiens de comptoir, les « chiens écrasés », les billets d'humeur, les chroniques judiciaires, j'ai toujours l'impression que les histoires des autres font résonner une empathie d'une nature particulière, pas du voyeurisme, non, simplement le lien qui unit tous les humains, pauvres, riches, salauds, héros qui s'ignorent, handicapés, grands esprits ou malades mentaux. Dans les petites colonnes, tous se retrouvent traités de manière tout à fait égalitaire.

Sur la même page, un autre titre a attiré mon attention, dans la colonne des faits divers : « La Reine de la Coke était assise sur un tas d'or ». J'ai lu l'article, amusée : *Elle se faisait appeler Reina de la Costa, Reine de la Côte. Son royaume, c'était la petite province de T. sur la côte est de l'Argentine, un bled perdu en face des Malouines, fréquenté par des marins en mal de mère. La mère, c'était elle. La pute, la mère, la grande folle, la grande pute à marins. Celle qui tapinait depuis le plus longtemps dans ce port miteux et oublié des hommes. Elle se vantait d'être le travesti le plus célèbre d'Amérique du Sud, la seule à faire se détourner les tankers pour profiter de ses services. Tout le monde la connaissait, on ne savait pas trop d'où elle venait, elle parlait espagnol avec un accent, mais on l'avait toujours vue là, à T., des générations de pères, puis de fils avaient goûté à son art ; à l'en croire, elle était seule à le dispenser avec autant de raffinement. L'histoire aurait pu s'arrêter là, elle aurait pu mourir bêtement, de vieillesse, soixante-dix ans de tapin, ça y donne le droit. Mais non, elle avait toujours aimé ce qui brille. On l'a retrouvée morte, couchée sur un petit terril de pièces d'or. Les analyses ont conclu à l'overdose. À quatre-vingt-dix ans, si c'est pas bête ! La gueuse, ont dû penser les policiers argentins, elle ne s'embêtait pas, la vieille pute à marins ! Non, mais ce qui a vraiment choqué l'opinion locale, c'est quand l'enquête a découvert, d'une part que la Reina de la Costa n'était pas seulement un lieu de passe, mais un véritable carrefour… pour le trafic de coke de toute la région, et même au-delà de la frontière et du rio de la Plata, jusqu'en Uruguay, et d'autre part que la Reina de la Costa était… française !*

*Allez, il y a prescription quand l'histoire est bonne. Paix à son âme !*

*S.D.*

J'ai commandé une deuxième noisette et lu l'intégralité du journal, en prenant mon temps. Dans la page nécrologique, j'ai appris avec tristesse la mort du mari de Sonia, l'amie de ma grand-mère qui nous avait si généreusement recueillies il y avait de cela presque quatre ans, lors de notre arrivée à Paris. Je ne l'avais jamais revue, n'avais même pas donné de nouvelles. Je m'en suis voulu de mon égoïsme, j'ai pensé que j'allais lui écrire.

J'ai plié le journal en prenant soin de garder la page des mots croisés et l'ai mis dans le sac que je devais apporter le vendredi à Louis.

# 57

Maison centrale de Poissy
*Novembre 1996*

*Elle a passé la semaine à préparer ce qu'elle va lui dire. On ne peut pas se contenter de ces visites qui ne mènent nulle part, de ces petits riens sans suite, les étincelles de bonheur, les conversations essentielles et après, le néant, pas de projets pas de perspectives, rien que la certitude du prochain parloir.*

*Elle a préparé quelque chose de construit, avec un ordre. Des arguments.* Primo *: cela.* Secundo *: une proposition qui mène à* tertio. *Elle va commencer par une phrase précise. Ensuite, ça s'enchaîne, c'est net dans son esprit, les grands traits y sont. Le parloir approche et, dans le train, les grands traits pâlissent jusqu'à devenir des ombres d'idées.*

*Et c'est comme d'habitude. Il est là, et en elle tout s'affaisse. Elle renonce à tout ce qu'il fallait dire, à tout ce qui quelques heures auparavant était si clair.*

*Mais lui, il dit qu'il y a repensé, il a eu le temps. À cette histoire de l'avocat avec le héros Martí Vilalta. Il dit que cela lui a mis du baume au cœur. Que cela lui a redonné du courage. Il dit que ce genre de coïncidences dont on est témoin, c'est comme les trèfles à quatre feuilles. Ça porte chance à tout le monde. Il dit aussi que vivre ce n'est que cela, mettre ensemble des coïncidences, trouver des relations, faire des liens là où il semblait ne pas y en avoir, il ajoute que la sensibilité ce n'est que ça aussi, établir des équations entre les choses, passer la rivière à pied sec en sautant d'une pierre à l'autre et que les soi-disant « coïncidences », ce ne sont que les prises de conscience d'un état continu de concomitances et de hasards qui se télescopent. C'est pour cela que les romanciers écrivent, que les peintres peignent, que les philosophes réfléchissent, c'est pour mettre en musique toutes ces synchronies invisibles qu'il leur faut chercher, trouver, décrire et exprimer.*

*Il dit aussi :*

*— C'est pour cela que notre histoire à nous, elle n'est peut-être pas foutue.*

*Elle se lève, s'assied sur ses genoux, pose sa tête sur sa large épaule. Il la soutient de son bras gauche, prend son visage dans sa main droite, caresse sa joue et, lorsque sa main passe sur son oreille, cela fait un petit froissement qui lui donne envie de s'endormir.*

*L'heure tourne, la grosse horloge au mur, avec son tic-tac sonore, indique la fin prochaine du parloir. Isabel sort de son sac le journal d'hier, détache pour Louis la page des mots croisés, s'apprête à remettre le reste du journal dans son sac.*

*— Ah, tiens, regarde, lis ça, il y a une drôle d'histoire…*

*Louis lève les yeux, songeur, après avoir fini l'article.*

*— J'en ai connu, moi, des travelos… Elles sont gentilles, sentimentales comme tout, mais en affaires, tu ne peux pas leur faire confiance, elles sont fausses comme leur cul.*

*Il replie le journal et le pose sur la table.*

*— J'en ai connu une seule qui méritait ses couilles, et elle n'aimait pas qu'on le lui dise ! Depuis, elle a été opérée, à Casa… L'histoire de l'Argentin, là, dans le journal, c'est typique. Le vieux trave sur le retour qui se fait de l'oseille sur le dos de tous les camés du port. Dégueulasse.*

*— Et l'étudiante qui se prostitue, tu as lu ?*

*Il a une brusque moue de colère rentrée.*

*— Oui… pas de quoi être fière. Franchement, à quoi cela sert d'étudier si c'est pour finir comme une traînée ?*

*Isabel se mord les lèvres, garde le silence un moment. Elle secoue la tête, sourcils froncés, en signe d'incompréhension.*

*— C'est pourtant bien toi qui dis toujours qu'on est seul juge de soi-même…*

*Il rit, prend les deux mains d'Isabel et les tient enfermées dans les siennes comme il aime faire.*

*— Tu as raison, et je ne me renie pas ! C'est bête, ma réaction… Je crois que tout à coup, j'ai pensé à Lucie… Je fais comme tout le monde : de la morale à deux vitesses… et à deux balles !*

## 58

Paris
*Printemps 1997*

Je suis revenue par le RER. Arrêt gare d'Orsay. Il faisait un éblouissant soleil d'hiver. En traversant les Tuileries, j'ai vu un couple qui se déchirait, c'était violent, quelque chose se détachait brusquement de la scène de la vie, comme un spectacle de théâtre surgi du noir. Dans la foule, on ne voyait plus qu'eux, je me suis arrêtée pour les regarder. De loin, derrière mes lunettes de soleil. Il faisait beau, le jardin fourmillait de monde, de fleurs, d'amoureux, de lecteurs de journaux paisibles sur des bancs, d'enfants et de tricycles. Mais eux, en plein milieu d'un croisement d'allées, eux crucifiés au centre de ce carrefour sous le soleil de midi, eux deux étaient seuls.

En les regardant, j'ai pensé que tous les êtres présents à ce moment-là, cette petite horde grouillante et invisible, étaient reliés les uns aux autres par ce jardin, par ce soleil et par cette insouciance, sauf ces deux-là, isolés dans leur drame.

Un instant plus tard, le couple s'est défait et quelque chose de physique était entre eux qui produisait comme une déchirure sèche, atroce, j'ai pensé au bruit que fait la viande lorsque le boucher la dissocie de sa graisse en un arrachement bref. L'homme s'est mis à courir, littéralement, pour échapper à sa souffrance. La femme a hésité une seconde, égarée. Soudain, elle s'est précipitée éperdument à sa suite.

J'ai été tentée de les suivre, mais les poursuivre était absurde. Je me suis dit que ce couple était perdu. La foule des Tuileries s'est reformée sur le carrefour sableux, dense et joyeuse, comme une couche de lentisques sur une mare après un coup de vent.

Marisol a fait des histoires sans nom pour se coucher. Elle m'a appelée dix fois, elle voulait de la lumière dans le couloir, faire pipi, une tartine, un verre d'eau. Je me suis fâchée, j'avais besoin d'être tranquille ce soir précisément, comme chaque soir de parloir, j'aurais voulu réfléchir, être seule dans le silence de l'appartement. Marisol insistait, bruyante, se pointait en pyjama, mâchonnant son doudou, son ours dans les bras, ébouriffée, me regardant par en dessous, mi-provocante mi-inquiète de ma réaction. J'ai compris que je n'y arriverais pas. J'ai ouvert mes bras, l'ai prise contre moi.

On a regardé la lune, elle était lovée dans la fenêtre, ronde et parfaitement blanche. Marisol a dit : « On va voir la lune ? » J'ai dit d'accord, je suis allée lui chercher des vêtements chauds, on a enfilé le pull, la salopette, l'anorak, les bottes en caoutchouc. « Pas les bottes ! » « Si, les bottes ! » Marisol n'a pas insisté, c'était drôle de s'habiller en pleine nuit.

Dehors, le soir était clair et glacé, des groupes de jeunes gens riaient et fumaient en se pressant vers les cafés. Rue de Bruxelles, j'ai hélé un taxi : « Place de la Concorde ! » Dans la voiture, Marisol riait d'une voix haut perchée et bavardait comme une pie. J'ai demandé au taxi de nous arrêter au milieu, vers la fontaine.

Arrivée au bord de la fontaine, j'ai soulevé ma fille et l'ai déposée doucement sur la margelle.

— Le jeu, c'est de ne pas tomber dans l'eau, on n'a pas le droit ! Prends ma main !

On s'est tenu la main et on a fait le tour de la fontaine en riant aux éclats sous les regards incrédules de touristes japonais.

La lune était très haut et lumineuse, on est revenues à pied, rue de la Paix, boulevard de la Madeleine, Paris brillait et Marisol dit : « On est des princesses. » On s'est assises sur les marches de l'Opéra. « Et là, ça serait notre trône. »

J'ai fumé une cigarette et fait des ronds pour ma princesse qui essayait d'y passer le doigt. Gare Saint-Lazare, on a coupé par la salle des pas perdus et Marisol a demandé :

— Qui est-ce qui est pas perdu ?

Le soir, une fois ma petiote endormie, je suis restée longtemps à fumer sur le canapé.

# 59

Maison centrale de Poissy
*Novembre 1996*

*Il semble un peu fébrile. Elle le lui fait remarquer.*

*— Louis, il y a quelque chose… ?*

*Il dit :*

*— Non, tout va bien, c'est le maton qui m'a chauffé les oreilles ce matin.*

*Et puis il parle de choses et d'autres avant de revenir au surveillant.*

*— Ce maton, il ne s'y fait pas… Tu comprends, c'est un bac + 3… Dans ce métier, il vaut mieux être bœuf que bac. Lui, il réfléchit trop, ça le mine. En prison, il ne faut pas se poser de questions…*

*Devant l'air un peu surpris d'Isabel, il croit utile de préciser :*

*— Oui, lui, là, celui qui m'a amené ! Une femme, un gosse, il avait tout… Sauf qu'il s'est fait virer de son boulot parce qu'il était trop dans la lune, ça se voit d'ailleurs… Sa femme travaillait à la mairie, elle lui a dit « y a des concours, essaie*

*fonctionnaire » … Manque de chance, il réussit la pénitentiaire. Je l'ai vu arriver le premier jour, je me suis dit, toi, mon gars, tu vas morfler… C'est vrai que les grilles du quartier de détention qui s'ouvrent et se referment par des gâches électriques, la première fois, pour quelqu'un de fragile, ça peut être franchement flippant…*

*Il rit.*

*— C'est vrai, je me rappelle ma première fois à moi, je me suis dit : « C'est ça, c'est comme dans les films… » Sauf qu'après, tu vois que les films, c'est comme la vraie vie, et là, c'est moins drôle… Enfin, une fois par semaine, ce surveillant-là il pète les plombs et il fait chier le monde.*

*Louis poursuit un drôle de monologue, comme s'il ne s'intéressait pas vraiment à Isabel, elle s'en étonne. Ça ne lui ressemble pas de parler ainsi, à jet continu, sans se soucier de son interlocuteur. Il s'engouffre à présent sur l'actualité internationale, Mandela et son prix Nobel de la paix, Israël et Palestine, la poignée de main Begin et Arafat, le séisme en Inde qui a fait dix mille morts. Il s'anime tout seul, s'emporte, parle à présent de politique française, fustige ce « renard de Mitterrand », évoque longuement l'affaire Bérégovoy.*

*— Ce con, il s'est laissé piéger par ce système pourri, il ne méritait pas cela, encore un mec qui a payé pour les autres.*

*Louis parle tout seul, ne lui demande pas son avis, n'attend pas ses commentaires. Il l'a à peine envisagée depuis vingt minutes qu'elle est là. Elle, elle le regarde intensément, en une interrogation silencieuse et troublée.*

*Et puis, tout à trac, levant les yeux vers elle :*

*— Dis donc, j'ai pensé à un truc… Un truc bête, mais… Tu ne l'as pas jeté, par hasard, ton journal de l'autre jour ?*

*Louis garde toujours avec lui la sacro-sainte page des mots croisés, mais Isabel reprend habituellement les journaux ou magazines qu'elle lui apporte.*

*— Il faut que je voie… Peut-être… Non, je pense que je ne l'ai pas encore jeté. Pourquoi ?*

*— Rien. Un truc… Tu peux le rapporter la prochaine fois ?*

## 60

La vie est un roman, l'expression fait cliché, c'est idiot, mais c'est ainsi, c'est Louis, aux antipodes de la pensée prémâchée, qui a repris la formule, ce jour de décembre où je lui ai rapporté le journal parce qu'il me l'avait demandé la fois précédente. Parce qu'il avait « pensé à un truc ». Il a pris le temps de me rappeler notre conversation sur les coïncidences.

— En réalité, le roman n'est que le fait d'organiser les coïncidences. S'il n'y a pas le roman, la mélodie, personne ne remarquera rien, il n'y aura même pas la vie.

Et si Louis n'avait pas profondément médité cette vérité, il n'aurait sans doute pas eu l'idée folle. C'est dans sa tête de penseur solitaire, des années de jeux de lettres et de lectures en huis clos avec lui-même, de réflexions philosophiques et de mots croisés, dans cette tête farcie de pensées, d'anagrammes, mais aussi de mots torturés, révisés, chamboulés, défaits, refaits, oui, c'est dans cette tête-là que les lettres s'étaient bousculées. René Toicelade. Reine de la Côte. Reina de la Costa. Une seule et même personne.

— On ne sait jamais, mais vérifie, Isabel… Ça serait trop drôle…

— Drôle, j'ai répété bêtement, « drôle ».

Pas sûr que ce soit le bon mot. Tout de même, il fallait voir. Je m'étais dit qu'il avait peut-être seulement déplié l'anagramme pour ne pas me décevoir, pour se faire pardonner, sachant depuis peu ce que j'étais en train de faire pour lui, la course folle dans la Savoie natale, la cavale dans les mairies et les cimetières, l'expédition en Piémont. Il m'avait dit à quel point il m'aimait incroyablement ; de ça aussi, il s'étonnait lui-même d'aimer si fort quelqu'un qu'il croyait si fêlé, si fragile, de m'aimer avec tant de douceur et de patience.

Ce dimanche 8 décembre, en sortant de la Maison centrale de Poissy, j'ai filé chez Juan Pablo Berenguel.

***

Je suis arrivée à bout de souffle. Non tant d'avoir couru à la recherche d'une cabine téléphonique gare Saint-Lazare, puis jusqu'à chez moi – j'ai demandé à la gardienne, une jeune femme avec un petit garçon, est-ce que je peux vous laisser Marisol, j'ai une urgence, je suis de retour à 20 heures pas plus tard, merci, merci, pardon, me suis jetée dans le premier autobus pour la rive gauche –, mais le cœur qui bat la chamade depuis tout à l'heure, boum, boum, visible à l'œil nu, le pull tressautant sur la poitrine, ces coups frappés de l'intérieur, j'avais l'impression que tout le monde les entendait, les voyait, même les gens assis dans l'autobus, je serrais mon grand sac contre moi pour que les gens ne voient pas ce tressautement infernal, j'ai regardé par la fenêtre tout le long du trajet qui n'en finissait pas, embouteillages place

Saint-Michel, autobus 27 coincé, j'ai sauté du bus et terminé à pied, presque en courant, jusqu'à la rue Lhomond.

Au téléphone, maître Berenguel avait dit : « Oui, bien sûr, je peux vous recevoir, mais ce soir, il est trop tard. Demain matin, je ne bouge pas. » J'avais insisté, si, ce soir quand même, c'est important, s'il vous plaît.

J'ai sonné, le timbre vieillot a grelotté derrière la porte, il a ouvert.

— Eh bien, eh bien… Asseyez-vous, reprenez votre souffle. Il ne faut pas vous mettre dans des états pareils…

J'ai sorti l'article de *Libération*.

— Lisez, lisez… Après je vous dis.

Ensuite j'ai raconté. Tout. Le parloir de cet après-midi, Louis qui m'avait fait rire avec ses anagrammes. La Révolution française qui donnait *Un veto corse la finira*… Et Albert Einstein qui fait *rien n'est établi*… Et le marquis de Sade, qui *démasqua le désir*. Et le commandant Cousteau qui donne *Tout commença dans l'eau*. Nos rires, j'ai tout dit. Et l'origine de l'Univers ? *Un vide noir grésille*.

J'ai raconté Louis qui riait de mon air ahuri, qui faisait durer le suspens, moi qui riais pour lui faire plaisir. Il m'avait aussi dit : « Isabel, c'est balise, Isabel d'Ussel, c'est diablesses », on avait ri encore, je sentais que quelque chose allait arriver. « Tu te rappelles, la petite énigme de l'autre fois, tu ne l'as jamais trouvée… Et je mariais braises et diablesses… » J'avais froncé les sourcils, fait mine de chercher, je ne comprends rien aux anagrammes, je suis nulle en jeux de mots, j'avais oublié ce petit mot qu'il m'avait tendu il y avait quelque temps, il m'avait traduit l'anagramme, le doux érotisme m'avait fait sourire.

J'ai dit le choc. J'ai raconté, sous sa voix très calme à lui, le *fortissimo* qui avait explosé dans ma tête. « Et René

Toicelade ? On essaie ? » Moi, je ne voyais pas, j'avais essayé, sans succès.

Il n'avait pas attendu longtemps pour me tirer d'embarras, il y pensait depuis l'autre jour. « René Toicelade, c'est Reine de la Côte ». J'avais dû balbutier quelque chose. Il avait continué :

— Je l'ai vu tout de suite. J'ai essayé de te mettre sur la piste. Mais tu n'as pas l'esprit tordu, comme moi !

Devant maître Berenguel, j'étais encore tellement émue que j'avais peine à garder mon calme. J'ai presque crié :

— René Toicelade, Reine de la Côte, ça marche… Vous comprenez, il se cachait, il était déserteur… Il s'était travesti, il ne pouvait pas rester en homme… Il… enfin elle a dû quitter la France. Elle a pris un bateau, elle est partie… En Argentine. Et c'est là…

Juan Pablo a pris un papier, un crayon, il a griffonné à toute allure, a grommelé dans sa barbe :

— *Mmouais*… Ça marche… *Hmm, hmm*… Ça se tient… Toutes les lettres y sont…

Il a gratté vigoureusement sa barbe négligée, avec le bruit habituel de papier de verre. Il a ajouté comme pour lui-même :

— Il se pourrait qu'elle ait raison.

Puis, relevant la tête, les yeux brillants d'une excitation inédite dans ce vieux visage :

— C'est sûr que si ce n'est pas une simple coïncidence…

— Alors, ça y est ! On peut rouvrir le dossier !

— La loi qui a été votée au Parlement le 23 juin 1989 permet la révision d'un procès sur la réouverture d'un fait nouveau non plus « de nature à établir l'innocence d'un condamné », mais seulement « de nature à faire naître un doute ». Nous sommes dans ce cas.

Je devais avoir l'air ahurie ; Juan Pablo a ajouté :

— *Hmm*... ne vous faites pas trop d'idées non plus, je m'en voudrais... Pour autant que l'on puisse faire des statistiques, avec le très petit recul que nous avons – en quatre ans, seule une condamnation sur plus de cent requêtes a été annulée. Une commission de révision des condamnations doit accepter de rouvrir le dossier sur la foi d'éléments nouveaux. La commission peut aussi décider d'ordonner un supplément d'information lorsque les éléments invoqués demandent à être vérifiés. Dans le cas où le dossier est rouvert, il peut s'écouler du temps, vous connaissez la lenteur de la justice, avant que la Chambre criminelle de la Cour de cassation ne rejuge l'affaire.

— Combien de temps ?

— Impossible à dire... Un an, deux ans...

— Mais c'est énorme, deux ans !

— Ma chère enfant, vous comprenez bien que ce n'est pas avec des mots croisés qu'on rouvre un dossier d'assises. Il y a une intuition, une très forte probabilité, mais moi, je voudrais des preuves. Si nous avons la preuve formelle que le travesti assassiné en Argentine était bien René Toicelade, alors nous avons une chance d'obtenir la révision du procès. Dans ce cas...

Il s'est tu longuement, tandis que je bouillais intérieurement. J'ai répété :

— Dans ce cas ?

— Si nous l'obtenons, Raoul Lemaître a une chance d'être réhabilité.

— Et la preuve formelle, c'est quoi ?

— Son identité, tout simplement. Cela, je m'en charge.

# 61

*En avril 1998, la condamnation de Raoul Lemaître, celle qui l'avait envoyée au bagne en 1923, fut annulée. Après dix-huit mois d'instruction, la Cour de cassation statua pour un procès en révision qui se tint au Palais de justice de Paris du 22 au 27 février 1999.*

*Louis Lemaître bénéficia d'une autorisation exceptionnelle pour assister aux débats. Il vint chaque jour, ainsi que Lucie, seule autorisée à pénétrer dans la salle d'audience. Il était présent lors de l'énoncé du verdict et Lucie rapporta plus tard à Isabel qu'elle avait vu son visage se transformer littéralement sous ses yeux. Masque de cire devenant peu à peu innervé et vivant, peau livide et tendue qui se pixellise en minuscules taches rouges, sang qui se remet à circuler dans les milliards de petits vaisseaux, teint qui s'affirme de chair et d'os, mouvements incontrôlés du menton, des paupières, tics irrépressibles de la fine peau sur la pommette droite.*

*Le 27 février 1999, lors de l'audience finale, le bénéfice du doute fut d'emblée demandé par maître Berenguel au cours d'une brillante plaidoirie, révélant en un coup de théâtre spectaculaire la présence avérée de René Toicelade en Argentine à l'époque du crime. Assisté d'un détective, il réussit à prouver que la « prétendue victime de ce meurtre » avait en réalité émigré en Argentine dans les premiers jours de 1919 sous le nom de Renée Talliaux, invraisemblable falsification d'identité rendue possible par la désorganisation administrative de l'immédiat après-guerre et la complicité d'un gratte-papier très certainement redevable de quelque service en nature à René Toicelade. La conclusion était simple et irréfutable : pas de mort en 1919, pas de suspect, pas d'assassin. Raoul Lemaître fut blanchi.*

*À 18 heures, Louis repartit entre deux flics, mais c'était un homme libre. Libre au sens profond qui était le sien, le seul valide. Le lendemain, il déposait sa demande de conditionnelle, accompagnée de celle de son avocat, maître Juan Pablo Berenguel.*

## 62

Paris
*Janvier 2000*

Depuis, nous avons changé de siècle et vécu la plus violente tempête des cinquante dernières années. Depuis, j'ai vu Paris dévasté, les arbres abattus, les trains arrêtés, les voitures renversées, le pays sidéré.

Le changement de siècle n'a rien changé à ma vie. Non, c'est autre chose. Et de tous ces bouleversements, aucun n'est à l'aune de ma vie d'aujourd'hui.

J'ai toujours vécu les choses en décalé. J'ai toujours agi bien avant de comprendre ce que je faisais. Ce jour de la levée d'écrou, Louis et moi l'avons attendu comme deux enfants sagement assis devant le sapin tout en sachant que le père Noël n'existe pas : un sentiment d'excitation, d'inquiétude et de mystère qui a duré encore deux mois. De mystère, oui. J'avais enclenché, sans vraiment en évaluer les conséquences, un mécanisme qui allait changer la vie de plusieurs êtres et j'attendais dans l'émerveillement quelque chose dont j'ignorais tout.

Pendant toutes ces années, la « conditionnelle » était un mot, un principe, un article du règlement pénitentiaire. On se déterminait par rapport à une abstraction. Un jour, tout à coup, en une phrase, c'était devenu une réalité et une échéance proches.

Pendant le procès, Louis était là comme témoin, entouré de deux policiers, mais pas dans le box des accusés. Déjà ça. Quand la Cour a prononcé l'arrêt de réhabilitation, il n'a pas bronché. Lucie, elle, a enfoui son visage dans ses deux mains. Elle a sans doute pleuré, parce que ensuite elle avait les yeux rouges, mais je n'ai plus voulu la regarder. Mes yeux à moi sont restés secs comme si ce qui se passait était en dehors de nous. C'est après, seulement.

En sortant de la salle d'audience, le visage de Louis irradiait. Littéralement. Ses yeux étincelaient. Ce n'était plus l'éclat dur et tranchant du bloc de charbon, c'était un diamant venu du centre de la terre, un éclat nouveau, inconnu de moi, dans lequel étaient de la fierté, de la tendresse, de la joie pure.

Nous avons pu nous étreindre, ils nous l'ont permis. Ils nous ont laissés seuls ensemble quelques instants sur un banc du Palais de justice. Louis m'a serrée à m'étouffer, il m'a dit :

— Je suis libre, Isabel, tu m'entends, tu aimes un homme libre qui t'aime et qui en a le droit.

Avant qu'ils ne viennent le chercher pour le reconduire à Poissy, Lucie nous a rejoints et nous sommes restés embrassés tous les trois.

Un an plus tôt, la petite Marie-Pierre avait quitté le Centre Arc-en-ciel d'Angoulême. Contre toute attente, ses grands-parents l'avaient réclamée et reprise, finalement acceptée, semblait-il, telle qu'elle était, et entourée d'une grande et véritable tendresse. Lucie en avait été sur le coup profondément malheureuse avant d'admettre que ce qui paraissait pour elle un arrachement était certainement le mieux qui puisse arriver à l'enfant.

Ce dernier épisode, pour douloureux qu'il fût pour Lucie, me sembla néanmoins avoir la vertu de ce qui « se remet en place », comme la rivière qui retourne dans son lit après une crue.

***

Louis a encore passé deux longs mois à la centrale de Poissy. Un jour, début juillet, il m'a tendu un document.

— La demande est acceptée. Je sors le 29 juillet.

On a beau s'y attendre, l'annonce vous cueille. Une date, c'est précis, c'est tonique, ça finit toujours par arriver, comme le matin, comme la nuit, le printemps. Plus vite qu'imaginé. La date, si proche. On était le 13. L'éphéméride accrochée au mur de la salle d'attente avait été mise à jour au début du mois. On pouvait en arracher d'un coup quinze jours et ça y était.

Louis était libéré à condition d'être hébergé. J'avais signé un papier disant que nous nous étions fiancés en prison et que je m'engageais à le loger, en alternance avec sa nièce Lucie.

Marisol serait en vacances chez son père, nous avions un grand mois pour être l'un à l'autre. J'étais heureuse et pourtant j'ai eu peur, tout à coup, que cela fasse beaucoup de choses en peu de temps. Il l'a compris, il m'a dit :

— J'habiterai chez Lucie, ensuite on verra, on a toute la vie.

Plus le temps de sa libération approchait, plus le désir que Louis vienne s'installer chez moi, au moins au début, le temps des vacances, de l'été, est devenu fort et urgent. Ensuite, oui, on verrait.

Pendant ces quinze jours, j'ai rêvé la cohabitation avec ma petite fille qui grandissait, qui savait tout, avait compris depuis longtemps, avec sa formidable et généreuse imagination d'enfant. Qu'il y avait quelque part quelqu'un qui aimait bien sa mère, que cette dernière aimait également, que cet amour la comprenait elle aussi, tout entière. Elle ne me posait plus de questions sur ce « quelque part » où je me rendais. Je le lui avais dit peu de temps avant le procès, j'avais prononcé le mot « prison ». Elle avait neuf ans, à présent, elle était grande, on avait partagé tant de choses déjà. Elle m'avait demandé si Louis serait en prison pour toujours, j'ai dit non on n'est pas en prison pour toute la vie, elle m'a demandé pourquoi on va en prison, j'ai répondu : « Parce que parfois on fait des choses qu'on n'a pas le droit de faire, après on sort, c'est fini. » Elle m'a dit alors : « Oui, mais toi, tu fais quelque chose que tu dois faire, en insistant sur *dois* : c'est d'aller voir Louis en prison, sinon il sera trop triste et toi aussi. »

Oui, ma poupée, c'est cela, exactement.

***

Le 29 juillet, je suis arrivée en avance. La sortie était prévue à 7 heures, j'étais là à 6. Je l'avais décidé ainsi, je voulais m'asseoir au café « Mieux ici qu'en face », prendre une noisette et laisser filer cette heure dans la solitude transparente du petit matin.

Je n'ai ressenti aucune anxiété, presque aucune émotion. Nous attendions ce jour depuis si longtemps. Il y avait quelque chose d'étrangement ordinaire, au contraire, dans cette attente-là. Cet ordinaire était doux et il m'enveloppait.

À un moment, le serveur est venu me demander si je voulais un autre café, simplement pour me parler, peut-être me trouvait-il aussi anormalement calme. Il devait savoir que les levées d'écrou ont lieu tôt le matin, que les gens qui s'attablent ainsi, le regard tourné vers la prison, à cette heure matinale, sont des familles qui attendent une sortie. Peut-être avait-il l'habitude de voir des personnes anxieuses, agitées, surexcitées, guettant fiévreusement la porte « d'en face ».

Je n'étais pas de ceux-là. Je me trouvais moi-même trop sereine. Je crois que j'aurais aimé ressentir davantage. L'émotion pure, comme dans les livres ou dans les films quand la caméra se rapproche et qu'on voit le bord de l'œil se mouiller, ou la lèvre qui tremble, le grain légèrement agité de la peau. Mais non. Pas moi, pas ce matin.

À partir de 6 h 45, pourtant, je n'ai plus quitté des yeux le portail de la prison. Je voulais qu'elle s'ouvre avant que je ne sorte du café. Je voulais apercevoir Louis avant qu'il ne me voie. Je voulais qu'il me cherche, qu'il se dise une fraction de seconde : « Elle n'est pas là. » Oui, je voulais ça. C'est à ce moment précis, quand j'ai regardé la porte, que le serveur est venu me demander si je voulais autre chose. Il aurait aimé que je lui parle, que je lui dise qui j'attendais, pourquoi, combien de temps, le bonheur à venir, le soulagement, tout ça. J'ai pensé que la vie quotidienne de ce serveur était faite de moments plus intenses que celle de la plupart des garçons de café. Je lui ai souri, il était gentil.

Le portail s'est entrouvert à 7 h 05, pas le battant complet, une porte plus petite à l'intérieur de la grande porte. Louis est sorti, un sac de sport sur l'épaule. Il a regardé autour de lui, l'air un peu perdu, l'air de Marisol quand j'arrive en retard à la sortie de l'école. J'ai eu envie de courir vers lui, de l'embrasser comme une folle.

C'est ce que j'ai fait.

C'était le 29 juillet 1999.

# ÉPILOGUE

*Ils ont marché jusqu'à la voiture en silence. Une petite citadine dernier cri, avec climatisation et options qu'elle a choisies avec un plaisir d'enfant. C'est la première fois qu'elle achète une voiture et c'est pour aller chercher Louis.*

*Elle, frêle, mince dans son jean, sandales à petits talons qui claquent sur le macadam. Lui, massif, silencieux, dans ses grosses baskets, descendant du trottoir lorsqu'ils croisent quelqu'un, restant sur la chaussée pour se tenir à sa hauteur.*

*Elle lui a ouvert la portière et il s'est engouffré dans la Honda blanche, comme aspiré par une soufflerie. Elle a fait rapidement le tour, a bouclé sa ceinture et mis le contact. Un bip s'est déclenché pour intimer l'ordre au passager d'attacher sa ceinture. Incongru. Il s'est exclamé :*

*— Elle ne va pas me commander, ta bagnole !*

*C'est à ce moment-là qu'elle s'est rendu compte qu'il n'avait pas encore ouvert la bouche. Et que, hormis les transferts en fourgon, il n'était pas sorti depuis douze ans. Depuis, les nouvelles voitures étaient munies d'avertisseurs de sécurité.*

*— Attends !*

*Il a posé sa main sur la sienne qui s'apprêtait à passer la marche arrière sur le levier de vitesse. Elle se tourne vers lui. Il enlève doucement, mais fermement la main d'Isabel, la pose sur le volant. Répète :*

*— Attends !*

*Elle ne bouge plus, attend. Interloquée, retient son souffle. Entend celui de Louis, calme, un peu rauque. Ne dit rien.*

*— Tu as encore ton carnet ?*

*Elle se penche, sort de son sac le carnet toilé, toujours le même, élastique, couverture marron. Le lui tend, sans un mot.*

*Il griffonne rapidement quelque chose, une seule phrase, pose le carnet ouvert sur le tableau de bord au-dessus du volant. Elle lit, ne tressaille pas, ne fait pas un mouvement, ne le regarde pas.*

J'ai tué un homme.

*À présent, c'est lui qui attend. Plus immobile qu'une statue, plus pierre qu'une pierre.*

*Ils sont tous les deux, profils perdus, regard dans le pare-brise, au-delà, vers la rue qui s'anime peu à peu. À une dizaine de mètres de là, le volet roulant d'une quincaillerie s'ouvre dans un fracas qui ressemble à un grand rire. Ils attendent. Attendent l'un et l'autre en réalité. L'un de l'autre. Toujours la respiration sonore de Louis.*

*Elle prend le carnet, écrit : « Je sais. Toujours su. »*

*Alors seulement il se tourne vers elle, il veut parler. Et c'est elle qui dit :*

*— Tais-toi. Ne dis rien.*

*Il lui reprend doucement le carnet des mains, écrit :* Je veux que tu saches tout. Jusquin, le mac… le père de Lucie… la justice a conclu à un règlement de comptes, officiellement on n'a jamais retrouvé l'assassin, mais… *Elle lui arrache le carnet, son geste est décidé et décisif, elle le regarde dans les yeux, cette fois, déchire lentement la page, le regard clampé dans celui de Louis, déchire en deux, puis en quatre, puis en dix. Toujours le regard. Ouvre la portière, maintenant qu'elle a fini, petit tas de papiers serré dans son poing fermé, sort, traverse la rue jusqu'à la poubelle verte de l'autre côté, y jette les morceaux puis le carnet lui-même. Revient. Claque la portière sur eux. Boucle sa ceinture de sécurité. Démarre sans un mot.*

*Rit du nouveau sursaut de Louis au son du bip comminatoire. Confirme :*

*— Tu dois attacher ta ceinture.*

*C'est vrai, depuis douze ans, tout a changé.*

*Ils sont arrêtés au feu rouge. Sur la gauche, c'est encore le mur de la prison. Le feu passe au vert, la Honda tourne à droite.*

*« On ne survit pas à tout ce à quoi on survit. On vit autrement. »*

*C'est ce qu'il a dit. Il y a longtemps. Dans le rétroviseur, il y a la large façade blanche, le portail avec les lettres noires. Oui, il a dit cela, exactement, ces mots-là, elle s'en souvient à l'instant où les lettres noires, encadrées par les deux drapeaux français, disparaissent, avalées par le tournant.*

*Juste maintenant.*

**De la même autrice :**

*Debout sur le ciel*, Gallimard, 2018
*Emportée*, Des Femmes, 2020
*L'annonce*, Gallimard, 2022
*L'année blanche*, Gallimard, 2023
*La langue de l'hirondelle*, Gallimard, 2024

hachette s'engage pour l'environnement en réduisant l'empreinte carbone de ses livres. Celle de cet exemplaire est de :
320 g éq. $CO_2$
Rendez-vous sur www.hachette-durable.fr

PAPIER À BASE DE FIBRES CERTIFIÉES

Photocomposition
Nord Compo
Imprimé en Espagne par Rodesa
Pour le compte de Hachette Livre
(58, rue Jean-Bleuzen, 92178 Vanves)
Dépôt légal : janvier 2025
ISBN : 978-2-501-183-673
5395034